成為讓別人快樂的人

母親留給我唯一重要的東西

永松茂久——著

黃詩婷——譯

有段時期，

我討厭接到媽媽嘮嘮叨叨

說不停的電話。

但現在，

我真希望跟媽媽的通話

永遠不會結束。

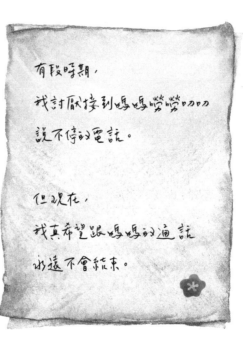

序章　寄託於過去的夢想

從前從前，有位媽媽和她正值年少的兒子。

有一次，媽媽問少年說：

「你長大以後要做什麼呀？」

「我想成為冠軍。」兒子回答。

「為什麼想當冠軍呢？」媽媽再次開口問道。

「因為冠軍很厲害呀！」兒子抬頭挺胸地回答。

這位媽媽告訴兒子：

「只是厲害而已，你無法當冠軍啦，因為馬上就會被別人迎頭趕上呢。」

見兒子一臉不開心，媽媽又繼續說下去。

「聽好囉，我想你可能會在某方面拿下冠軍，但那不能是為了你自己，是要為了幫助其他遇到困難的人。」

「講這樣我聽不懂啦，反正冠軍很厲害。」

「現在聽不懂也沒關係，只要記得就好了。這個世界上有神明存在喔。」

「我又沒有見過神明，不懂啦！」

「真的啦，你的身邊有很多看得見的神明。」

「騙人！才沒有神明那種東西呢！」

「真的存在啦。那是被稱之為『托福神』的神明。不管是你身上穿的衣服還是鞋子，這些都是『托福神』做給你的喔。就算你沒有見過他們，還是有很多人在你看不見的地方，為了你而拚命做出這些東西。所以千萬不可以忘記『托福神』的存在！還有啊，將來你要成為別人的『托福神』。冠軍，是神明為了讓你幫助別人而賜給你的禮物，所以你要成為一個讓別人快樂的人。」

「讓別人快樂的人？」

「對，你要成為讓別人快樂的人，那也是我的夢想。」

媽媽說的話聽起來好難懂，所以對那少年來說，這只是個遙遠的記憶。

後來少年長大成人，踏上自己的人生旅程。

他在旅途上受到許多人的幫助，發現了媽媽曾經說過的「托福神」，確實存在著。

那些「托福神」們，也都和媽媽說了一樣的話。

「成為讓別人快樂的人吧。」

而本書，便是這對母子的故事。

* * *

電話那頭傳來呼吸聲。
好似非常痛苦的呻吟聲。
聽過一次就無法忘記的聲音。
後面還有周遭的人，呼喊著那人的名字。
但在我耳中，只能聽見那痛苦的聲音。

掛掉電話，我回頭去工作。
雖然說那是工作，但那地方根本是其他人為了困住我而打造出來的。
我實在無法脫身。

那時候的我，看起來一定很空虛吧。
一種眼前的景色，慢慢褪去所有色彩的感覺。

周遭的人根本不知道我的狀況，還是接二連三丟問題給我，而我也拚了命地回答。

「要為了你眼前的人，去做些什麼。」

從小她就是這麼教我的。

工作結束後的晚宴，電話又來了。

馬上從會場衝出，接起那通電話，連忙跑向前方的停車場。

我躺在停車場的地上，頭靠在停車位的車擋上，那種鐵條冰冷的觸感，以及手機螢幕後方天空的月亮，這景象想必我一輩子都不會忘記。

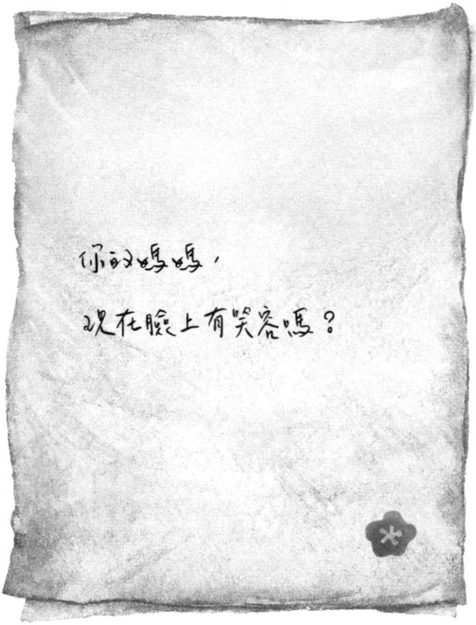
你的媽媽，
現在臉上有笑容嗎？

目錄

第二章　禮品店的媽媽

第三章 加油打氣的媽媽

第四章 MOTHER

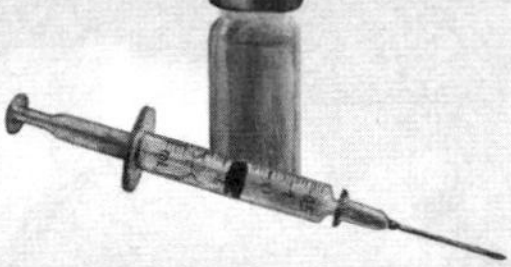

第五章 我一定會讓妳成為日本第一的媽媽

FOR YOU

第一章

托福神的媽媽

1 運氣可以買得到？

「茂久，你知道嗎？運氣是可以買的喔。」

我的媽媽永松辰美常常會忽然非常認真地，開口說出這種乍聽之下相當奇怪的話。

「這個世界上呀，有眼睛看不見的錢呢！這種錢就叫做陰德。」

「我比較喜歡看得到的錢。」

「那些能看到的錢，也是靠積陰德而來的。」

雖然我一如往常左耳進右耳出，但媽媽還是繼續說著。畢竟這是已經講過很多次的事情，我馬上就知道她接下來要說什麼了。

她難道不記得上次也跟我說過同樣的話嗎？我真心覺得非常好奇。

「所謂陰德啊，就是做了讓人喜歡的事後，自然產生的一種東西。如果是在別人沒發現的情況下，做了那些讓別人快樂的事，還會有十倍的紅利喔。」

實在搞不懂，那個什麼十倍紅利，到底是怎麼算出來的。

而且媽媽說話的樣子，簡直就像是她已經拿到了十倍紅利那麼開心，沒有絲毫的懷疑，就某方面來看，這簡直可以說是她的特技了。

「然後啊，父母積的陰德也會傳給孩子。所以我會做許多讓別人快樂的事情，好把陰德留給你們。」

「媽！我比較喜歡看得到的錢，不喜歡看不到的陰德啦。」

「哎呀，你還是個孩子。沒關係，將來有一天就會懂啦。所以說我今天也為了讓別人開心，要去工作囉，你自己隨便弄點東西吃吧。」

「哎喲，都晚上八點了，我餓了啦。」

媽媽無視我和弟弟喊著肚子餓，就這樣走下樓梯，前往自己經營的禮品店。我們每天都是過著這樣的日子。

「為了你們而積陰德。」

這是媽媽的口頭禪，但對於年幼的我們來說，這所謂的「陰德」，不過是媽媽為了想去做自己的事，隨口說說的藉口。

2 告白

我出生的老家，是昭和初期曾祖父所經營木屐批發商的老屋，或許因為當年曾有許多學徒和師父在此，所以房子本身非常寬敞。

屋子正中間有個平常完全沒有任何用途的寬敞佛堂，在國中時，媽媽每個月會有一次，和她年紀相仿的男男女女，在那佛堂裡面談些什麼。

聽他們談話的內容，與會者好像是媽媽那間店供應商的社長和一些同業的女性。隨著次數增加，來和媽媽談話的人也變多了。

有一天，我和媽媽在吃飯的時候，她忽然一臉歉意，支支吾吾地似乎想說些什麼。

「茂久啊，我有點事情要跟你商量……」

「幹嘛扭扭捏捏的？講啊。」

「說的也是，那我就說囉，你不要嚇到喔。」

「不會啦。」

「我可以出家嗎？」

我錯愕得連嘴裡的味噌湯都噴了出來，就像在拳賽中突然被對手回擊，完全預想不到。

「出、出家？那店面要怎麼辦啊！」

「喔，那個啊，就算是出家，也還是可以待在家裡。」

「什麼呀，那算什麼出家！雖搞不懂是怎麼回事，但我不希望妳出家。」

「拜託啦，我不會給你們添麻煩的！」

這對話聽起來，簡直搞不清楚誰是媽媽，誰是小孩，不過爸爸聚餐結束回到家，我告訴他這件事情，他卻一臉看開的樣子，說什麼「反正她馬上就會膩了，別管她」，似乎不太在意。

我後來才知道，來佛堂談話的伯父伯母們，其實是某間寺廟的人。

3 媽媽「出家」了

媽媽是那種只要一頭栽下去，就看不到周遭事物的人。

一反爸爸和我的猜測，我家佛堂聚集越來越多有著各種煩惱的人。

媽媽在那之後沒多久，就取得比丘尼的認證，而且位階還節節高升。回過神來在我快升上國三的時候，就連原先反對的爸爸也加入了，在媽媽講道的時候，坐在她身旁。

原先經營的禮品店增聘了店員，後來媽媽也不再親自駐店。我家很神奇地變成了另一種地方，只要上二樓，就會聽到敲鐘「叮——」的聲響，還有許多人一起朗誦經文，之後他們會圍成一圈跟媽媽商量自己的人生。

我念國中時，正是電影《高校太保》系列的全盛時期。

我也不例外，當時相當憧憬不良少年，穿著改短的制服上衣，頭髮還修了鬢角，和死黨們一起到處胡鬧，完全就是所謂中二病的重症時期。或許是看著這樣的哥哥長大，弟弟幸士雖然是小學生，卻變成胡鬧程度超越了哥哥的孩子。

穿越那擺滿花俏圍裙及童話風格擺飾的禮品店上到二樓，媽媽身邊圍滿了與她討論自己煩惱、諮詢人生問題的人。現在回頭想想，我家裡的這個模樣還真是有夠奇怪。

但或許媽媽就是有那種難以言喻的魅力。不知不覺中，發現那些原先是我死黨所謂的壞孩子們，竟然也端正地坐在媽媽講道的場子裡。我因為討厭這種情況，所以老是和媽媽爭吵。

就算是沒有聚會，難得一家在餐桌上團聚的日子，爸媽的對話，也總是那些「積陰德」「利他」「感謝」，還有根本搞不懂意思的佛教用語。

也不知是何時起，我家的牆面就被媽媽寫的「托福神的教誨」、詩人書法家相田光男先生所寫「人類即如此」的日曆所淹沒。

4 洗手間的教誨

有一天，媽媽把一張紙貼在洗手間裡，上面寫的是：

茂久、幸士：

今天一整天
也在托了許多人的福之下
過了快樂的一天
真是太好了
一個人辦不到的事情非常多
但是大家會幫你的忙
所以才有今天的我們
要當個不忘記托福神的人喔

有好好打招呼嗎？
早安
午安
晚安

謝謝
抱歉
對不起
打招呼能讓人成為很棒的人
成為偉大的人

你們兩個是爸媽最重要的寶物
還請成為偉大的人

爸媽 筆

我家根本不像電影《高校太保》中不良少年的家庭，而是一個自我啟發講座的道場。

當時我覺得很討厭，但人類畢竟是受環境影響的生物，所以我現在明白什麼「陰德」「利他」「感謝」之類的，其實都是那時候在無形中進入了腦海，而這當然是媽媽帶給我的影響。

雖然我家每個人都很自我，做著自己想做的事情，但在媽媽為首之下，卻也處於一個平衡的狀態。

5 媽媽特有的偉大教育論

媽媽是個眼光獨到的人。

她成為比丘尼之後，開始為有著各種煩惱的人解惑。她會向他們提出對於工作或人生的建議，有時只是單方面地聽對方說，有時也會嚴厲相向，如此幫助了許多人。

當中曾有件事情，讓我留下深刻的印象。

那是一位因孩子之事而煩惱的媽媽。

簡言之，就是孩子把自己關在家裡，她只好去育兒相關的讀書會求救，而對方說：「這是因為孩子的自我肯定感不足，還請多多稱讚他。」

對於這個煩惱，媽媽的回答讓我大感吃驚。

「多多稱讚是什麼意思？」

「就是不管發生什麼事情，都要看他好的那一面。」

「那樣的話不是會寵壞孩子嗎？」

「咦？」

在一邊聽著媽媽講道的我，也和那位媽媽有一樣的反應。

「我最近覺得啊，雖然有些理論說『無論如何都要誇獎孩子』，但這實在很奇怪耶。在家裡或許能夠這麼做，但我認為總有一天得把孩子還給社會。」

還給社會！確實她養育我和弟弟時也是這麼說的。我還曾經為此心想：「真是個冷漠的媽媽！」但也是因為這樣，其實我並沒有什麼她會由於「你們是我的孩子」而特別寵我們的記憶。

有好好向照顧你的人道謝嗎？
這道理說得通嗎？
有沒有忘記人家的恩惠？
你是不是想用自己的道理闖關？

孩提時真的覺得這些話煩死了，但這些煩死人的教誨，在我出社會以後卻幫了大忙。

我想媽媽一定從一開始，就認真地要將我們「還給社會」。

「要是遇到什麼事情都誇獎他，將來那孩子只要沒有人誇，就什麼事情都辦不到了嗎？不行的事情就告訴他不行，這樣才是愛吧？正因為相信孩子，所以才能嚴詞以對。」

原來如此。確實一個人對於自己不相信的人，根本不會嚴厲地對待對方。

「但是讀書會上他們說『絕對不可以疾言厲色』，不可以一直煩他之類的。」

「妳打算成為聖母瑪利亞嗎？」

「呃，怎麼可能呢？我沒有想變得那麼偉大……」

「媽媽幾千年來都是煩人的存在，這是理所當然的，畢竟那可是自己千辛萬苦生下來的孩子呀！把幾千年來大家都做不到的聖母瑪利亞當成效法的對象，也太有勇無謀了吧？」

聽到這裡，我實在忍不住笑出來。現在我也會將這些話，告訴許多為孩子煩惱的媽媽們，有很多人恍然大悟，但其實我只是轉述了媽媽的話。

「媽媽煩人是理所當然的。也是因為這樣，我對於『無論如何都要誇獎孩子』的理論抱持懷疑的態度。煩惱著該如何拉拔孩子，結果因為無法誇獎孩子，連媽媽本人都失去自我肯定，到頭來最可憐的還是孩子本人呀！明明還有其他做法。」

「那麼您是怎麼做的呢？」

「我身為人母，絕對要做的事只有三件。」

「哪三件？」

媽媽頓了頓才回答。

「第一、有時間擔心孩子，還不如去做自己喜歡的事。因為我相信只要讓孩子看見自己開心的樣子，孩子將來也能成為一個快樂的人。」

我忍不住開始做起筆記，那份筆記現在也還在手邊。

「第二、無論孩子是什麼樣的狀態，媽媽一定要取悅自己、開朗地過活。」

確實妳一直都是很開朗呢，原來是自己訂下的規則啊。

「第三、無論發生什麼事情，都要站在孩子這一邊，都要相信孩子的未來。」

這是我媽年過六十時發生的事情。

或許是二十五年來太多人問這個問題，所以回答得非常熟練，又說不定是覺得我和弟弟給別人添了太多麻煩，所以才有這樣的體悟。畢竟我們兄弟給人添麻煩，害她到處低頭道歉的次數，可是連我們都覺得有些抱歉了。

雖然身為兒子說這話有點不好意思，但我認為媽媽說得完全沒錯，不……或許該說她的確就是照著這些準則而活吧。

她嚴厲的時候，幾乎讓我想離家出走，但無論何時她都是那樣開朗，而且不管發生了什麼事情，她都沒有放棄我們。

「我相信你。」

「沒問題，你能辦到的。」

即使我的年齡有所增長，媽媽這些話語還是在我內心深處迴盪著。

6 爸爸打來的電話

二〇一五年，我和弟弟的事業都頗為順利。

我們開的餐廳「向陽之家集團」在大分中津有兩間店面，在福岡市鬧區大名開的「大名向陽之家」也總是預約滿滿、座無虛席。因此順勢又開了博多水炊的分店，弟弟也自己當起了老闆，在同一條路上開了博多拉麵店。

那時候我另外還忙於人才培育事業、巡迴全國演講，也因此順勢開始執筆寫作，書籍累積銷售達八十萬冊，出版工作室發行的作品也已經超過了三十部。剛開的店面和原先的兩間店業務都步上了正軌，正覺得鬆一口氣時，接到了爸爸久違的電話。

「茂久，好久不見啦，一切都順利嗎？」

「托您的福，幸士（我弟）的店也經營得很順利。」

「這樣啊，那就好……」

爸爸說著便陷入了沉默，他很少這個樣子，所以我心中有些不好的預感。

「其實有件大事。」

「怎麼啦？您可以直說啊。」

「……辰美得了癌症。」

我一瞬間啞口無言，但馬上回過神來，媽媽其實在三十年前就曾經罹癌。

而且這個時代，年過六十之人難免身體會出些問題，大概兩個人當中就有一個人會罹患癌症，我也如此對爸爸說了。

「是這樣說沒錯啦……要是在比較輕鬆一點的部位就好了……」

爸爸平日堅強又開朗，此時聲音卻相當沉重。他不是那種說話誇大其詞的人，所以更令人覺得不安。

「是胰臟癌，而且恐怕已經開始轉移了。」

聽爸爸說媽媽在去檢查之前，大概已經有一星期沒什麼食慾。她覺得可能因為開分店之事太過勞累，便請預約好的按摩師父提前來幫她按摩。結果按摩師一來便說您有黃疸呢，因此媽媽才去了爸爸朋友開的醫院。對方在檢查之後馬上介紹媽媽到設備更完善的醫院，接受精密的檢查。

媽媽在年輕時罹患那場大病之後，就成了健康食品狂。家裡總是充斥了各種新發售的健康食品、膠囊、水之類的東西，還會叫我們服用那些商品。

我們開餐飲店的，可算是體力活，當然身體一定會累積疲勞、不時感到疼痛，所以每次回到家裡躺在按摩椅上的時候，就老是聽她說什麼：「你的胰臟沒問題吧？胰臟有問題真的很可怕喔。」

我對胰臟的認知，也就只有她說的這些話了。

而且媽媽也說過，若是開始轉移那就沒救了。

沒想到她自己居然會得到胰臟癌。

「什麼時候檢查？」

「檢查完了，明天會看最後結果。」

「知道了，我也要一起看報告，馬上就回去。」

我立刻把弟弟叫上車，從福岡直奔回中津。以前要從福岡到中津可是遠到不行，但後來高速公路開通，飛車不需要一個半小時就能抵達。

我和幸士在車裡一語不發卻有著同樣的感受，我們都感謝著那未曾見面卻打造出高速公路的「托福神」們。

7 企畫起步

「媽呢？」

我們一回到家，便同時開口向爸爸詢問。

「在佛堂裡。」

透過半透明的毛玻璃望進去，媽媽正坐在佛壇前，實在開不了口叫她。

「你們兩個都過來。」

爸爸開口叫我們，帶我們到老家一樓那已經休業的店裡。我們三個人都沒說話，最後幸士終於還是開了口。

「爸，胰臟癌真的那麼糟嗎？」

「……我搞不太懂，但好像很糟。」

平日相當剛強的爸爸，眼中浮現出些許的淚水。

我們終於真正地了解狀況。

「我有事情要拜託你們兩個。」

不管他要說什麼，我都打算答應，我想幸士也是這麼想的。

「無論如何我都想救辰美，不管要我做什麼都行。」

爸爸是認真的。

身為九州男子漢，他不可能隨口或為了逞強而說那種話。「要對自己說的話負起完全的責任」是老爸的座右銘，這句話總是在我耳中迴響著。

「我就算花光全部財產也要救她，這是我該做的。茂久、幸士，你們願意幫我的忙嗎？」

「嗯，當然，對吧？幸士。」

「當然，我也已經是個經營者了。」

爸爸是個嚴謹認真的中堅企業家，他的資產應該比我這個沒怎麼思考就用錢的人多上許多，然而他說要用上全部的財產。

沉重感直壓心頭。

要是一個不小心，我大概就要哭出來了。但不能哭，因為現在最難過的應該是媽媽。

「這樣啊，太感謝了。還有件事情要麻煩你們。」

「什麼事都行。」

「我會照顧辰美身邊所有大小事，不過茂久你都寫書出書了，應該知道不少關於精神和心靈方面的事情吧？所以穩定辰美的精神狀態可以交給你嗎？」

「我明白了，我會運用自己一切所能，讓媽媽過得一樣開心。」

「幸士你也要協助茂久，盡可能多和辰美聯絡，不過你的店剛開，不要太勉強了。」

「嗯。」

結果我們把自己老婆和老爸的孫兒們全都拖下水，三個大男人的「辰美復活企畫」就這樣起步了。

8 宣告

第二天我們來到中津市民醫院。

因店剛開張，所以幸士先回福岡，我則和爸爸一起聽檢查報告。

媽媽坐在醫生面前，旁邊是爸爸，我則在媽媽身後。

醫生年約四十左右。

他先仔細地向我們說明胰臟的位置以及功能，還有胰臟與肝臟及膽囊的關係。

「醫生，所以病名是什麼？」

爸爸打斷醫生的話，彷彿是在說不需要跟我們說明這些。醫生停了下來，頓了頓才回答。

「是胰臟癌，應該沒有錯。」

「……這樣啊。」

媽媽乾脆地回答。

但似乎她也沒有料想到，醫生接下來會說的話。

「另外這邊肝臟部分的白色影子，恐怕是轉移了。」

此一沉重的宣告，雖然先前聽爸爸說的時候就已經有所覺悟了，但親耳聽到從醫生口中說出的威力還是大不相同。媽媽先前根本沒聽說有轉移之事，她的震驚想來遠遠超過我們。

胰臟癌，而且轉移到肝臟了，媽媽對於疾病的認知原先就比我們多，想來一定馬上能夠理解這是什麼意思。她渾身無力而垂下了肩膀，爸爸連忙支撐住她，而我只能在他們背後看著。

在爸爸離開診間去結帳的時候，媽媽一直握著我的手。或許是我多心，總覺得那時她已經開始變得消瘦了。

第二天我回到福岡，拜訪了一位女性經營者討論媽媽的病況，她在我剛開店時就一直很照顧我。她叫藤堂和子，是個福岡幾乎無人不知的大企業家，甚至被稱為「日本的人脈」。過沒多久，媽媽就在我的眼前被送進了九州大學醫院的特別病房。

我看著媽媽心裡想著，真的有那種所謂運氣好的人。自從發現她罹癌以後，有許多人支持著我們，而不是她獨自與疾病奮戰。

所有我舉辦的活動，媽媽幾乎都會參加（如果不請她來，她會生氣的），所以全國都有透過我而認識她的人，即使人在醫院裡，還是有各地送來的各種營養品和資訊，病房裡塞滿了探病的花束和禮品，實在很熱鬧。

正好就在首次使用抗癌劑的前一天，我在東京有個聚會。

聚會的對象是位常上電視的超級名醫，因為他讀了我的書後想跟我見面，因此藉由認識的人牽線，安排了這場聚餐。

我當下便告訴他，我的媽媽明天要使用抗癌劑。

「其實我明天正巧要去福岡，不麻煩的話，我可以去見見令堂嗎？」

事情就這樣說定了。

因為相當有名的醫生忽然到來，還開口問：「請問永松辰美小姐的病房在哪兒？」

聽說醫院裡也稍微騷動了一下。

九大醫院在福岡，而且我們也都住在福岡。當時我和弟弟在大名向陽之家旁租了一間公寓，所以爸爸和家人們全都搬到福岡，開始一起生活。

讓媽媽擁有個人病房，並不是因為我家花得起那個錢，而是因為「恐怕會有很多人來探病」。

因此最主要的目的是不要打擾到其他患者，而且這層考量後來證明果然沒錯。

媽媽就此展開她與疾病奮戰的生活。

第二章

禮品店的媽媽

9 出生地的風景

「西邊的博多、東邊的中津」——我的出生地大分縣中津市，在江戶時代可是數一數二的商業都市。

此處有這三大名產：十九歲前在此成長的「福澤諭吉」、軍師官兵衛建造的「中津城」和中津的「炸雞塊」。地點在大分縣與福岡縣交界上，是個人口約八萬多的地方型都市。

我便是出生於中津，那條當時被稱為市中心的新博多町商店街。

曾祖父在街上經營木屐批發的「九州松芳本店」，這是我家經商的原點。最初只是拉著手推車叫賣木屐，之後事業越做越大，到了戰前據說是位名滿九州的大商人。

但隨著時代潮流的影響，木屐店的生意也越來越冷清。

後來祖父便把木屐店多餘的空間，拿去租給開肉店、魚店、蔬菜店、乾貨店、餐廳的，將事業轉換為現在那種有各式各樣攤位的超市類型。出生在這個家庭中的我，從小就在經商的大人間長大。

小時候的遊樂場，就是商店街上的各店家。

祖父的超市對面就是「明屋書店」，一樓主要擺放繪本，其他樓層則是賣玩具和唱片。

從我兩歲蹣跚學步開始，就在明屋書店充滿書香的環境中長大，這個環境後來對我的人生影響相當大。

不過時代潮流還是不斷前行變遷，這個商店街也不例外。由於大企業的超市進駐，這裡的店家也變得七零八落，現在看起來已經不如以往，成了相當冷清的地方。

雖然如此，但我的故鄉在一九七五年的時候，商店街孩子們的感情都很好，而所有爺爺奶奶等長輩們也都很疼孩子，整條街就像是一個大家族。

10 夢工房

父母會開始做生意，是因為我小學三年級的時候，也就是媽媽三十二歲時罹患了子宮癌。

幸運的是發現得早，動完手術就痊癒了，爸爸為了安慰當時非常消沉的媽媽，而提議她可以試著做點生意。

因為當時祖父經營的超市，正好也空出了一個大約八坪左右的空間。

爸爸想在那裡開個大阪燒店，卻遭到朋友怒斥。

「你打算讓生病的老婆做那種粗活嗎！」

他只好詢問媽媽，有沒有想做的事情，聽說媽媽是這樣回答的。

「我的確有想開的店，就是從全國各地收集自己喜歡的東西，用漂亮的包裝紙包起來，然後讓大家能拿去送禮的店家。」

由於媽媽的願望，禮品店「夢工房」便誕生了。

這間店在當時身為小學生的我眼中看來，也非常清楚知道是門好生意。才剛開店三天，庫存就賣光得要暫時休息。

「媽，商品都賣光了，店要怎麼辦啊？」

我還記得自己擔心起這種事情。

爸爸辭去上班族的工作，成了媽媽那間店的社長兼會計。這樣一來，爸媽當然更沒有時間顧孩子了。

11 我最喜歡讓別人快樂了

「夢工房」的規模越來越大。

每當祖父的超市中有老闆因為上了年紀要退休，夢工場就會擴大面積，之後隨著祖父退休，一百五十坪的店面，全成了夢工房。

開張大概三年左右，夢工場就在中津的好地段開了好幾間分店，當時在中津可說是禮品店的第一選項。

一樓是店面，二樓是住家，我幾乎都是和弟弟兩個人相依過日子。

媽媽有時候會因為更換展示品，或是練習包裝等等，三更半夜還不上樓。有時候甚至把我們也叫下樓，協助她調整商品打光的角度，或者把庫存品搬出來展示等等。

因為弟弟很明顯不願意做這些事情，所以總是我去幫忙。

有一天，或許媽媽因為太過勞累，罹患肝炎而倒下。

畢竟她原先就是大病初癒，身體沒有多強壯，我還記得自己在醫院裡和媽媽的對話。

「媽，妳不用這麼勉強自己。不……妳根本不用做那些事情啊。」

「茂久，真對不起。但我是覺得好開心才做的呀，我最喜歡看那些包好的商品交到客人的手上時，他們臉上的笑容。所以我是因為喜歡才做的，你別擔心。」

我最喜歡讓別人快樂了——

這是媽媽的口頭禪。

而且那並不是逞強，也不隨便說說，是她的真心話。

爸爸畢竟是企業家，所以會傾注全力推動業務，但說起來媽媽其實只是做自己喜歡的事情，而且非常非常喜歡自己做的事情能讓客人感到開心。我想，她這個樣子其實就像熱中於玩具的孩子。

畢竟是處在這種生活環境，所以我回家後，她也不太管我。

一般家庭會一起去餐廳吃飯、出外遊玩、吃著媽媽烤的點心等等，我常常看到就覺得「好羨慕喔」，不過對我和弟弟來說，這樣的環境才是理所當然的。

畢竟我們知道爸媽都如此努力，所以也不會任性。

12 自我肯定感是什麼？

最近常聽到有人說什麼自我肯定感。

依字面描述，這意思就是覺得自己的存在，是否ＯＫ的度量衡吧。據說追溯自我肯定感，會發現這是來自孩子和爸媽之間的關係。

這樣一想，就覺得我從小時候可能就沒什麼自我肯定感了。

我記得，那應該是三到四歲間發生的事情。

老實說，爸媽長得實在不錯，就是所謂的俊男美女吧。弟弟也是鼻梁高挺，容貌端正。

不知為何只有我是塌鼻子。

「你是從橋下撿來的，所以鼻子那麼低。」

媽媽跟我說過這種話，現在想想實在有夠糟糕。

住在祖母家的時候，還發生過其他事情。

我養成一個習慣，就是每天睡覺的時候，都用洗衣夾夾著自已的鼻子，因為聽媽媽說這是讓鼻子變高的小魔法。

在祖母家吃過飯，到了睡覺時間，我和平常一樣拿著洗衣夾去拜託媽媽。

「媽，麻煩了。」

「好，這樣就行了。」

我和平常一樣夾好洗衣夾後，到隔壁的房間躺下鑽進被窩。

「辰美，那是在做什麼？」

隔壁傳來祖母的聲音。

「啊？就是讓鼻子變高的小魔法啊。」

下一秒祖母高聲喊叫了起來。

「妳給孩子做了什麼啊！這個蠢貨！」

「可是媽，就只有那孩子鼻子特別低啊！」

「他那樣也很可愛啊！妳馬上給我住手！」

媽，真抱歉，我的鼻子這麼低。

我雖然還是個孩子卻這麼想著，然後默默地拿下洗衣夾。

之後只要去祖母家，我就不會拿夾子來用。但在家裡，這個洗衣夾小魔法，我還是一直做到上小學。

等到上了國中進入成長期，我的鼻子也比從前高了些，媽媽就一臉驕傲地說：

「都是靠我的小魔法。」

從自我肯定感這個角度去回顧這件事情，實在有夠糟糕的。

但那時媽媽大概二十八歲左右，現在我已年過四十有餘，想到那些不滿三十歲的女孩子拚了命地養育孩子，就覺得很難生氣，反而還笑了出來。

「養兩個調皮搗蛋的小少爺真的很辛苦，要是來三個我就死定了。」

這是媽媽的口頭禪。

我在上小學前真的非常懦弱又容易胡思亂想，但後來莫名其妙被迫去學了少林寺拳法，結果就越來越調皮了。

相對的，我弟從出生起就是胖虎的那種個性。

畢竟是這種個性，成長過程又看他哥這樣，結果成為了更誇張的搗蛋鬼。

我記得曾經在電視上看過，由生物學上的數據看來，通常次男的運動能力和調皮度比起長男都會有過之而無不及，我想這是因為成長環境的關係吧。

因此等到我升上小學高年級的時候，我們兩兄弟已經成了地方上的小霸王。

13 媽媽的衣架與大魔王

夢工房是有販賣著飄逸童話感圍裙的店家，但對比強烈的，後方的倉庫卻總是在一片戰火之中。我和弟弟盡是幹些壞事，然後被抓包而遭受責罵，始終是這樣的光景。

現在聽起來或許難以相信，但我們老是在倉庫裡，被媽媽拿著衣架追打。如果是一九八〇年前出生的人，或許會對這種光景有些記憶。

「用手打你們，我自己手會痛。」

媽媽曾這麼說，因此不知何時開始，便總是拿著衣架教訓我們。

一般家庭在這種情況下，雙親通常都會有一方扮白臉來緩衝，但我家可不是。在我們被衣架打過以後，媽媽會向剛回家的爸爸抱怨。接著換爸爸變成大魔王，加倍奉還地再打我們一頓。我們兄弟倆總是為了避開再次毒打而落跑，結果還是被抓回來。唉呀，現在想想，他們雖然是父母，但當時我們也只是個孩子呀。

「總有一天要報復。」

我老是這麼想著。

孩子會長大、身體也會變得健壯，而且我當時在少林寺拳法的全國大賽上，總是名列前茅。

有一次，眼見媽媽的巴掌就要搧來，我用力地以手刀擋了回去。

「好痛！」

媽媽按著手跌坐在地。

「嘿嘿，活該，誰叫妳先動手啦！」

正這麼想的瞬間，前所未有的衝擊隨著眼前的金星而來，我整個人飛了出去。這才發現我在流鼻血，因為爸爸用拳頭揍我。

之後他說的話又讓我頭暈眼花，這次是沒有眼冒金星，但對我的精神來說是重大打擊。

「混帳！竟敢出手打我的女人！你這傢伙！」

我、我的女人？可是爸，那是我媽耶……

雖然想開口這麼說，但總覺得講了又要被打，只好閉嘴。

這種時候，爸爸總是站在媽媽那一邊。就只有這一次，我覺得自己並不是被爸爸打，而是被一個男人揍了。

要把這件事情說出口很需要勇氣。

因為每次跟女孩子說這件事情，我總是會聽到她們說：「你爸好帥喔！」從沒有一次是有人同情我被打的。

現在說起這些，聽起來好像是家暴。同樣的狀況下，說不定有人還會一輩子怨恨父母。

但我和弟弟最喜歡家裡了。

我們完全沒有怨恨父母的想法，甚至可以說，我們根本不懂那怨恨從何而來。

為何我們不會那樣想，我到現在還能維持著自我肯定感，現在已經明白了緣由，因為當時有庇護所。

在父母開始經營夢工房的時候，以前經營超市的祖父母回頭做木屐生意，每次爸媽生氣，我就會逃到那裡。

當時那條商店街，大家就像個大家庭，每個人都很疼愛我。

另外還有一件事，就是爸媽生氣的時候，絕對是我們做了什麼壞事，他們絕對不會因為自己心情不好就拿我們出氣。要是當時的茂久出現在我眼前，我絕對會打他的。

我在小學高年級時，就是做了那麼多糟糕事的壞孩子。

14 與夢想相遇

我的夢想，是從念小學五年級時開始的。

十歲的時候，商店街的一角，開了間一坪大的小小章魚燒店。

我總是拿著零用錢，三不五時去那裡吃章魚燒。後來甚至每天都在那兒吃著章魚燒，和店家婆婆聊學校發生的事情。

每天看著看著，就覺得婆婆做的章魚燒，在眼前轉啊轉變成完整的一顆，實在太有魅力了。

「婆婆，讓我做做看嘛！」

不管拜託了幾次，她就是不願意。但我怎麼可能就此放棄，我每天都去店裡，和婆婆的感情也越來越好。之後雖然還是站在櫃檯外，但終於有機會讓我拿竹籤將章魚燒翻過來做成圓形的。

試著做了才發現，這實在非常困難，之後好不容易翻得有點樣子了，婆婆才讓我進到櫃檯裡，正式教導我做章魚燒的方法。

她對口味非常嚴格，如果我做得不順利，不管做了多少，她也絕對不會說OK。也因為如此，當她誇獎時，真的讓我非常開心，因此做得越好，也就越覺得有趣。

每當客人買了我做的章魚燒，總讓我感到開心不已。

「你今天也很努力呢！」
「很好吃喔，我會再來買的。」
還有客人這樣說，讓我好感動，覺得這是件很厲害的事情。
因此我在婆婆的章魚燒店，學到了那種做生意的魅力和樂趣。
不知從何時起，那就成了「我的夢想」。

15 每天在商店街開派對

一九七〇年代，商店街還充滿著活力。
夏天時每週六會有活動，晚上則成了營業到九點的夜市，整條商店街裡人山人海。
但在這種日子，就連我每天都去的明屋書店裡的大哥哥大姐姐們，也都忙到沒辦法理會我，在年幼的我眼中，覺得這裡應該熱鬧得跟澀谷中央街沒兩樣吧。

想當然耳，商店街裡的章魚燒店也大排長龍，不知何時起我也成了店家的常駐班底。

平日雖然不像夜市那麼誇張，但還是生意興隆。商店街各店家的生意都很好，大家甚至高唱著「春天來了」。

當時和現在並不相同，在一些生活規矩上比較隨便，商店街的老闆們總是中午就在喝酒，到了傍晚已經有許多醉醺醺的大叔，整條商店街裡到處都是啤酒瓶，時常就地開起了派對。

章魚燒店的婆婆也很喜歡喝酒，三不五時就把店面交給我，也常跑去老爸老媽在場的派對。

「茂久，拿五盒章魚燒過來。」

媽媽過來買了。

「我知道啦。」

「不能說我知道啦，要說謝謝吧！你現在是在工作，身為一個生意人就得好好做呀。」

「明白啦！謝啦！」

做好後，我把章魚燒送過去。

順便關好店門，告訴在那兒的婆婆說我收好了。

「喔，收好啦！茂久，你過來。」

不管在哪條街上，總是會有那種相當會炒熱氣氛的大叔。聽見有人這樣說，我也就開開心心地打算坐下，但媽媽會馬上斥喝。

「時間太晚了，你該回家了。」

「咦，為什麼？」

「因為你是小孩子。」

剛剛還叫我要好好當個生意人呢。

不過這種話若說出口，等於是要和她吵架，我只好心不甘情不願的閉嘴回家。

「你媽都這樣說了，沒辦法啦！茂久，你要快點長大呀。」

每次有人跟我說這種莫名奇妙的話，我就想著「要早點成為大人」，因為大人的世界，在我眼裡閃閃發光。

16 顧及對方的心情

身為經營者超過二十年，我曾想過一件事情。

雖然商業理論五花八門，但要成功，最重要的果然還是：

「具有理解對方心情與痛苦的力量。」

商店街上大家的感情都很好。

但是現在想想，每間店都是獨立的店鋪，有些店家生意興隆，卻也有些門可羅雀。不同店家會有生意落差這種事情，從古到今都是一樣的。

當時我還是個孩子，所以並不了解這種事情，但其實有很多是因為其他人嫉妒羨慕等因素，造成我在人際關係這條路上，走得跌跌撞撞。

夢工房一直都生意興隆，所以我從小每天幾乎都在外面吃飯。

那應該是我念國中發生的事，那時候已經稍微懂事，所以媽媽會在我表現出自己有點孤單的時候，多給我一些錢。

當我存了些錢後，為了獎勵自己，就會去吃牛排。

吃飽喝足回到家裡，卻發現鐵門是拉下來的，大概是因為爸爸以為我在家而鎖上了門。

因為我把錢都用掉了，只好到附近的餐廳借電話。

那個時候，我還和那餐廳的伯伯，侃侃而談剛才的牛排有多好吃。

電話打通了，媽媽前來接我，回家路上我們談了這樣的事情。

「茂久，你跟人家聊說你去了牛排店對吧？」

「嗯，對啊，真的超好吃的。」

「你一點都不懂伯伯的心情。」

那個時候，我還完全不了解所謂生意人的心情，結果媽媽是這樣說的。

「我說啊，伯伯也是賣吃的喔。雖然把你鎖在外面不好意思，但是你有想過伯伯聽你在那邊說牛排有多好吃時的心情嗎？」

我覺得很不開心，因為完全聽不懂媽媽的意思。

「你還不了解別人的心情呀，得要能夠站在對方的立場、了解他人的心情才行。」

哼，誰管他們啊，而且你們居然把我關在外面耶。

雖然我沒把這話說出口，但心中卻不斷碎唸著，默不作聲的和媽媽走在商店街上。牛排的美味，早就不知道去了哪兒。

這種教誨，當時的我無法理解。但出了社會、獲得許多經驗以後，我忽然理解了很多事情。

「那時候媽媽的話，是這個意思啊。」

當然，要選擇哪間店，是客人的自由，商業上也是如此，人自然會聚集到商品優秀之處，但是千萬不可以忘記，背後還有煩惱著自己事業不順利的人。

媽媽總是這麼告訴我的。

「所謂溫柔，是要待人親切。但是在那之前，要站在較弱之人的立場，了解他們的痛苦。」

媽媽雖然有時不講道理，但是年幼時她偶爾會告訴我這類的話語，我現在才明白裡頭有那麼多重要的事情。

那是在我國中三年級的時候。

因為覺得好玩而開始努力念書，沒想到成績也一躍而上，所以就決定「還是好好升學吧」。

為何要打算繼續升學，其實理由很簡單，只是覺得如果我去念普通高中而非專科學校，大家會很驚訝。

雖然我的動機很不單純，但還是考上了高中。

然而才入學沒多久，等待我的卻是準備考大學必須努力讀書的生活。

17 正向思考的媽媽

原本我國中時代過著有如在「野生王國」中的自由生活，上了高中猛然一變，彷彿被關進了籠子裡。

「糟糕……我來錯地方了。」

入學沒多久我就自暴自棄，幾乎沒有在聽課，完全就是那種把課本拿去當枕頭的學生。

但這不是學校的問題，是我自己不好，選擇了這裡卻又不好好融入。

那時媽媽還是一樣，既要忙禮品店，還要做寺廟的工作。

或許是因為寺廟那邊的人告訴她：「無論如何都要相信孩子。」所以就算我不去學校，她也只是說：「你比較適合進社會，開始工作就會順利了，沒問題的。」一副並不是很在意的樣子。

我從小就不太能早起，就算現在我年過了四十也還是一樣。等好不容易爬起來，常常都已經中午了。

「媽，我早上怎樣都爬不起來耶。」

試著跟她商量，結果她的回答是……

「你呀，從出生就是夜行性的孩子呢。因為晚上都不睡覺，我去詢問寺廟的人，結果他們教我什麼『畫一隻雞反貼在天花板上』看看，我試著照做了，但你還是半夜不睡覺。唉呀，不過也是順利念完了國小和國中，高中也沒差吧？反正出了社會，選擇夜間工作不就好了。」

這想來就是現在所謂的全面肯定、正向思考吧？

雖然搞不太懂狀況，但我覺得能接受媽媽所說的。或許是因為如此，雖然有些墮落的感覺，但我還是能持有自我肯定的態度。

18 能看到東京鐵塔的城市

「初次見面，我是出身中津的永松茂久。」

「我是緒方，請多指教。」

與這位白髮紳士第一次見面，是在六本木裡非常有名的中華餐廳吃午餐。

我後來到了東京念大學，但一直沒能遇到可以支持我賣章魚燒這個夢想的人。

我以為東京到處充滿機會，但是這裡果然不是個會溫柔支持一名鄉下年輕人夢想的地方，所以在我的眼中也不是那麼有魅力。

一瞬間我的大學生活都快過了一半。

一起玩耍、聊著夢想的死黨們，或許也對於眼前的現實開始感到焦躁，他們紛紛換了髮型、接二連三穿上面試的套裝開始找工作。

那時候我還穿著破破爛爛的牛仔褲、留著一頭棕色的長髮、戴著耳環，唯一的樂趣就是坐在大學校園的長椅上，觀察往來的人們。

「大家辛苦啦，找到工作了嗎？」

偶爾問問在大學裡遇到的死黨們，大家都是這麼打招呼。

「阿茂，你也該好好思考人生了吧。」

「有在想啊，我要去大阪開章魚燒店。」

有一天，爸從老家打了通電話給我。

「東京有位姓緒方的厲害人物，你去他那裡玩玩、跟他聊聊你的夢想吧，我已經跟他打過招呼了。」

「地點呢？」

「在六本木。」

六本木，我聽得都起了雞皮疙瘩。

我在中津和朋友聊到要前往東京的計畫時，曾聊過這個地方。

「對了，去東京的話該去哪裡啊？」

「提到東京，當然就是六本木吧？《東京愛情故事》好像也是在那裡取景的，我先前在電視上有看到。」

當時全日本年輕人的戀愛聖經，正是電視劇《東京愛情故事》。

「而且電視節目最後不是常提到抽獎的郵寄地址，就在六本木啊。應該是朝日電視臺吧。」

當時的電視節目，通常最後都會有抽獎的活動。

「本抽獎活動請寄至：東京都港區六本木〇—〇〇號　朝日電視臺抽獎小組收。」

一九七五年之前出生的人，應該都對這句臺詞有印象吧。

這些東西都在六本木。

——東京有很多厲害的人，就請他們當贊助商吧。——

我覺得自己和朋友聊的夢想，似乎開始啟動了。

「這樣下去這傢伙真的要去賣章魚燒了，得趕快讓他去上班才行。」

其實這才是爸爸的真心話，而我根本不曉得。

依照爸爸所說的，前往六本木那間名為「新北海園」的中華餐廳，從六本木站走向飯倉片町路口的路上，那時我第一次看到東京鐵塔而感動不已，彷彿是昨天才發生的事情。

就結果來說，那次見面反而成了經營章魚燒店的捷徑。

19 三十分鐘決定就職方向

一坐下來，紳士便開口問我了。

「你的夢想是什麼？」

這麼突然！但我毫不畏懼，抬頭挺胸地回答。

「賣章魚燒！不是想做而已，我確實會做。」

結果對方給了我相當意外的回答。

「好，我知道了。那你來我這裡工作吧，直接上班。」

「？？？？？？？」

我完全搞不懂對方為何會這樣說。

那位紳士也是中津人，總是將目光放在伊藤洋華堂、大榮為首等代表日本的企業，他是那時相當活躍的商業記者——緒方知行先生。

緒方先生還是「Office 2020 出版社」的經營者，同時也是非常有名的演說家。

出版社和章魚燒店，我怎麼想都不懂哪裡有關聯了。

看我一臉迷糊，緒方先生對我說了三十分鐘的話，完全足以動搖我的內心。

我原先根本不知道前方道路在哪裡，但只花了三十分鐘就決定了就職方向。暫時先放下章魚燒的想法，我成了出版社的員工。

決定就業以後，可就不能再磨磨蹭蹭。

如果對方願意讓我學習，那當然是越快越好。

所以先以工讀生的身分進了出版社，那是我念大三那年秋天的事。

出版社大致上區分為兩類工作，一個是編輯，另一個則是業務。

「記者的醍醐味就是編輯哪。」

由於緒方先生的這句話，我去幫編輯跑腿，在畢業前的一年半，我都負責聽寫訪談和幫記者提包包。

不過既然開始上班，就有件事情讓我非常在意。那就是：

「為了學習如何當商人，賺一塊錢也好，一定要做賺錢工作。」

雖然我只是個剛進公司的新人，還是拜託緒方先生讓我去做業務的工作。

20 在繞路途中找到捷徑

雖然前進的方向看起來和原先計畫完全不同，甚至根本是繞遠路，卻發生了讓我覺得「說不定這是在走捷徑呢」的事情。

當初會到東京，最主要的目的就是找到贊助者。

而我在事前便決定一定要見到兩個人。

一位是章魚燒店婆婆會特地從廣島進貨的醬料，大多福醬公司的人，而且必須是在公司裡有著一定權力位置的人。

另外一位則是寫了《章魚燒的正確享用方式》（GOMA書房）一書，標榜自己是「宇宙中唯一的章魚燒專家」，在章魚燒業界中可說是無人不知的熊谷真菜小姐。

念大學的時候，就一直想要見見這章魚燒業界的兩大龍頭，但畢竟沒有機會也沒有途徑，只好先擱置在一邊。

21 大多福醬

因為緒方先生本人過於忙碌，因此是由他的弟弟代替他擔任出版社社長之職。員工當中也有許多特殊工作經歷的人，總編小安先生，是那位身兼作家與冒險家而聞名的椎名誠先生的小弟，而業務由社長、吉田先生及我這個新人負責。

一九九九年四月一日。

這天我正式踏入社會，公司為了我舉辦新人說明會，告訴我業務要做些什麼。就是這時發生了重大事件。

我第一次拿到客戶清單，當中有個對我來說閃閃發光的名字。

大多福醬有限公司

聯絡窗口：東京分店長　佐佐木茂喜

「社長！請讓我負責大多福醬！」

剛進社會第一天，就以大聲公的音量要求負責的客戶，社長和吉田先生也不禁愣住。

當時大多福醬除了在根據地廣島擁有絕對的地盤之外，也進駐東京預備要將生意推往全國，而特攻隊長便是佐佐木茂喜先生。佐佐木先生現在已經高升為大多福控股公司的社長，在根據地廣島大為活躍。

藉由拜訪聯絡窗口的名義，我得以和佐佐木先生預約，前往位於門前仲町的大多福東京分店。

以身為業務的身分打過招呼後，我便氣勢十足地切入正題。

「佐佐木分店長！」

「叫我茂喜先生就好啦。」

哎呀，這個人多親切哪！我非常開心，便連珠炮地說了起來：

「雖然真的很不好意思，那我就這樣叫了，茂喜先生。其實我想開章魚燒店，我來東京的理由之一，就是想見大多福醬的人，因為在客戶名單上看到貴公司，所以就拜託公司讓我負責你們的業務。茂喜先生，我想開章魚燒店，還請你多多指教！」

我用盡全力低下了頭。

但就在那一瞬間，腦海中冒出了以往被各種人瞧不起的畫面。

神啊，拜託了，請不要再踐踏我的夢想——當時我是這麼想的。

「抬起頭來呀。」

我膽戰心驚地抬了頭，茂喜先生握住了我的手。

「這是很棒的夢想啊，加油，有我能幫上忙的我一定幫。」

聽了茂喜先生的話，我忍不住回握雙手。

也因此我在狹小的章魚燒業界當中，靠著茂喜先生的面子，也和熊谷真菜小姐變得相當熟稔。

22 做本章魚燒的書吧

當時我以業務新手的身分，努力在工作中學習，每天拜訪大多福醬公司，茂喜先生總是開心地聽著我述說夢想。

大多福公司最厲害的地方，就是他們第一代社長的教誨。

「在賣醬料之前，要先推廣章魚燒、大阪燒的文化。」

並且澈底實踐這點。

他們會舉辦免費的研習會，讓想開章魚燒、大阪燒店的人參加，因此辦公室樓下的研習中心總是人潮洶湧，而我有時候也會混在其中接受指導。

「茂久，我啊，真希望能有更多精力，讓這個文化更加普及。」

茂喜先生的這句話觸動了我的心弦。

「你要成為讓別人快樂的人。」

媽媽這句話讓我的雷達產生反應。

熊谷真菜小姐是作家，也是文化人，茂喜先生是這個文化的支持者，而正巧我是出版社的業務。

我連忙回到自家辦公室，徹夜撰寫企畫書。

「茂喜先生！我們在Office 2020的雜誌做本附錄書吧！」

因此靠著茂喜先生的協力贊助、熊谷真菜小姐的企畫、Office 2020的發行銷售（負責人是我），在團隊合作之下，完成了支持章魚燒業界的著作：《章魚燒業務繁榮學》。

23 遇見日本第一的章魚燒店

這個企畫是從各種角度來關心章魚燒這行，因此採訪的主要舞臺，理所當然就是章魚燒的聖地大阪了。

但不知為何茂喜先生推薦採訪的企業，卻是間來自群馬的章魚燒店，公司名稱是「Hot Land」。

他們在群馬開了章魚燒店「築地 銀章魚」後，不久前才進軍東京，是間相當新的連鎖店。

採訪的時候，我們請求直接採訪社長本人。

佐瀨守男先生當時三十六歲。

雖然正值壯年，但是位能讓人感受到內心溫暖的年輕社長。

採訪結束後，我又照慣例談起了自己章魚燒的夢想。

沒想到佐瀨社長一語驚人。

「你真是有趣，來銀章魚吧。」

我沒想到他會這樣說，所以非常遲疑。

畢竟我並不是想成為章魚燒店的店員，而是想要自己開一間章魚燒店。

「不，謝謝你，但我想自己開店。」

「永松先生你需要相關知識吧？你可以在我這裡學習後，再出去獨立開店就好啦。」

確實是可以這麼做。

因此我在半年後，便離開相當照顧我的「Office 2020」，前往「銀章魚」就職。

當時的「銀章魚」是剛起步但急速成長的新創企業，因此員工都很年輕，以全國為目標，公司全體員工可說是幹勁十足。

而這份努力也得到回饋，「銀章魚」轉瞬之間，便成為日本第一的章魚燒店。

現在「銀章魚」已經是上市公司的超級大企業，而從當時起，佐瀨社長的口頭禪一直都是：

「無論企業成長到什麼地步，都別把目光從章魚燒烤盤另一端的人身上移開。」

也就是說，絕對不能忘記吃章魚燒的人笑得多開心。

雖然用詞遣字不太一樣，但這句話就和媽媽從我小時候就一直說的那句：

「你要成為讓別人快樂的人。」

一樣在我心底迴響。

24 媽媽一臉驕傲說的話

現在回想起來，我在人生導師和前輩這方面，實在相當好運。

我的人緣和運氣，說不定是日本第一的好呢。

要是把我從前輩們那裡學到的東西都寫下來，這本書的頁數絕對不夠用，所以我之後會將其再寫成另一本書。

聽過我演講和讀過我書的人，最常問的就是：

「從他人身上學到的教誨，簡單濃縮成一句話大概是什麼呢？」

以前我不太能整合在一起，現在就很清楚了。那就是：

「成為讓別人快樂的人。」

過往前輩們教導我的事情，全部都可以歸納成這句話。

「要有個宏偉的夢想。」

「放手行動。」

世界上有許多成功法則。

但是，教導我許多事情的人們，雖然用詞遣字多半相異，但其實他們說的都是：「成為讓別人快樂的人」。

這也是我從小聽到大，媽媽說的口頭禪。

出了社會以後，媽媽常打電話給在東京學著許多事情的我。每當我遇到好的機緣，她總是習慣地問我同樣的問題。

「茂久，這次的社長教了你什麼呀？」

「是否說要『成為讓別人快樂的人』？」

「看吧！是否和我說的一樣。」

「不，但是他們說的事情比較具體，更好懂。」

「那是當然的呀，我又不是專家。但你能理解真是太好了，實在是托福，感謝、感謝啊。」這時她才會滿意地掛掉電話。

我總是無法理解，為何媽媽總是一臉驕傲地說這種話，雖然我在前輩們的話語中，的確發現媽媽所說的道理。

銀章魚的業績快速成長，而我也在手忙腳亂中學到了許多事情。

正式開始從事章魚燒業，實在是相當刺激又開心。

不過那時候，我的腦袋裡充滿了各式各樣自己開章魚燒店的構想。

之後終於決定要獨立——

「去東京找贊助者吧。」

我原本是為此前往東京的。

如果我是去大阪學習大阪燒的話，想來人生應該會完全不同。

這意思並不是說大阪不好，當然去了大阪，應該也會有另一條不錯的未來路。

但因為去了東京，我才會去出版社上班，也因為這樣的機緣而能成為銀章魚這種企業規模總公司的員工，也在實習後能獨立自主開了章魚燒店。

現在能夠完成這本書，當然也絕對是因為我去了東京，才能做得到。

「未來我將帶著武器回來這裡，到那時候我就會成為登頂之人。」

我沒有進去東京鐵塔，而是抬頭對著鐵塔說了這些話後回到中津。

立下青雲之志回到故鄉，等著我的當然不是什麼輕鬆事。那時候自認為已經完全弄清楚章魚燒生意的大小知識了。

這是我立志開章魚燒店後的第十五年，也是我二十五歲的秋天——

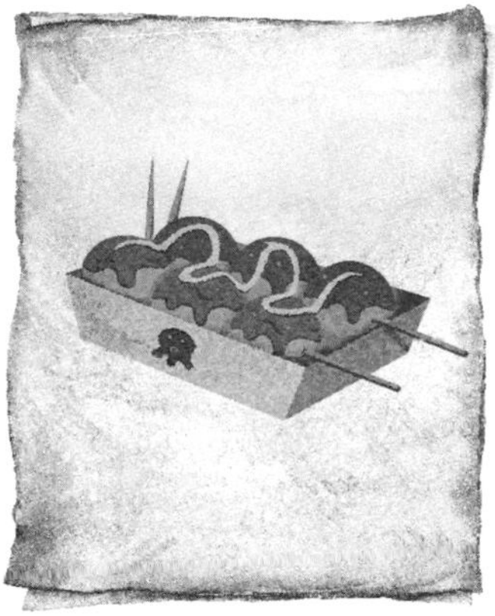

第三章

加油打氣的媽媽

25 成為商人前的巨大障礙

「回來啦？好，那你已經做好繼承家業的準備了吧？」

「等……等等，我是要回來開章魚燒店的。」

「你說什麼？」

爸爸還以為我是要繼承家業，所以才回來中津的。

爸媽或許有他們預想的藍圖，所以當兒子回來時卻突然說「我要開章魚燒店」，似乎無法接受。

但我很有自信，之前也存下了一筆資金。

無論他們怎麼反對，我都會去做。

就算要仿效曾祖父，從一臺小推車開始也行。

就算那樣，我都還是一國一城之主。

永松家原先就相當熱鬧，但那時家裡簡直就像是要鬧革命一樣。

每天、每天都傳出父子吵架聲，明明需要冷靜談談，但我和爸爸都使性子，兩個人都不願意稍作退讓。

「我絕對不允許你開什麼章魚燒店！一定要做的話就滾出去！」

「好！那我就出去，你要是看見我用推車賣章魚燒，也給我買一份啊！」

我真的就拉著一臺推車做起了章魚燒生意，開始在商店街試賣一盒一百元的章魚燒。

或許是每天看見我努力烤章魚燒的樣子，爸爸終於了解到我是認真的。

「我知道了，既然你這麼堅持，我就給你三年的時間。要是做不好，你就回來繼承家業。畢竟你沒有營業許可，在商店街裡也會搞得整個環境烏煙瘴氣的，在家裡製作就好了。」

對於爸爸來說或許是讓步，但對我來說可不是。

「好！我會在三年內找到答案！」

夢想就在眼前化為事實，我只能想著往前進。

26 陽臺的章魚燒研究所

「媽，真不好意思，家裡的廚房可以借我嗎？能烤章魚燒的地方。」

「好啊，有個很適合的地方。」

媽媽讓我使用自家的陽臺。

「畢竟章魚燒的煙很誇張。」

所以就不在家裡面烤。

不過為了能遮風擋雨，爸爸也悄悄地幫我搭了屋簷。

簡易的章魚燒研究所就完成了，我把特別訂製的烤臺搬了進去，開始做起章魚燒。

實驗試作後，做出了我原創的菜色「健康章魚燒」，完全不使用添加物，賣點就在於相當健康，是我非常自豪的菜色。

「你不打算做你在『銀章魚』學到的章魚燒嗎？」

當我在陽臺研究所烤著章魚燒的時候，媽媽到我身邊問著。

我知道自己要做的話，應該可以做出很類似的東西，畢竟我知道詳細的做法。

但我想以憑藉自己之力做出來的章魚燒來決勝負，所以不想做銀章魚的那款。

媽媽不知道想到了什麼，提議「那我們辦個試吃會吧」。一種是我自豪的「健康章魚燒」，另一種則是實習時所學的「銀章魚風味章魚燒」，參加試吃會的人剛好是十名。

「哪個比較好吃？」

我緊張地看著大家。

我還算有點自信，「健康章魚燒」會贏的，我是這麼認為。畢竟這個時代很講求健康，所以應該會贏，我深信不移。

大家都吃完後，發表結果。

六比四落敗，有些可惜……要是這樣我還能耍個帥，但實際上是十比零。

「健康章魚燒」完全輸了，輸得一敗塗地。

我不發一語地看著大家吃，「銀章魚風味章魚燒」一顆顆從盤子上消失。

「這個很好吃耶！茂久，你真的很努力呢！」

還有人這樣誇獎我。另一方面，我相當有自信的「健康章魚燒」，則是在大家給予「這邊有點普通呢」的評語後，始終待在盤子上。

大家都拿著「銀章魚風味章魚燒」告訴我：「這個章魚燒會大賣喔！」開開心心吃著我做的章魚燒，但我自己卻笑不出來。

27 脫離以自我為中心

後來在與爸爸的對話中，我得到了身為商人、作者，人生中絕對不能忘記的重要事情。

試吃會大敗後，我馬上開始改良自己的章魚燒，有天爸爸問我。

「你打算怎麼做？」

「雖然我輸了，但我要用『健康章魚燒』來發想改良，因為我想用自己的章魚燒打拚。」

「這樣啊，那你最好不要再找其他人幫忙了。」

那時候我已經找到一些人，願意在章魚燒店開張後來幫忙店務。

「不要找他們，你自己一個人做，這樣我比較安心。」

「為什麼？」

「你只是想要讓自己開心吧？大家吃另外那款章魚燒都吃得很開心，就是你實習時學到的那種，我也覺得那種會大賣。但是你不選擇那款當商品，就表示比起客人的選擇，你比較堅持自己想做的，也就是只想要讓自己開心。如果想那樣做，那你就去做，但是別把其他人也捲進來，這樣的話我就不會多說什麼。」

「老公，你可以說得更客氣點啦。」

沒錯，說話也該選挑挑用詞吧。

就跟媽媽說的一樣，明明可以用更溫和的方式告訴我啊。

見我不開心，爸爸又更火上加油繼續說著。

「不要小看商人！商人可不是賣東西就好，還得要付薪水給那些幫你工作的人啊。如果你真的是商人，那就應該選擇十票對零票勝利的那款章魚燒。先賺了錢，讓自己能夠好好生活，然後才能付薪水給工作人員吧？若你已經找人幫忙了，那就只能把賺到的錢都付給他們。你最好再好好思考一下。『以自我為中心』可是商人的大敵！」

我完全無法反駁。

爸爸身為商場前輩對我說這些話，我怎麼可能有辦法反駁。

「茂久，你爸說的是正確的喔。」

「媽，你到底站在哪邊啦。」

「哎呀，你自己想想吧，這種時候你自己沒辦法理解的話，是無法前進的。那我去睡覺囉。」

這種時候媽媽居然二話不說就撒手。

在我煩惱許久之後，最後還是決定用實習學到的章魚燒開店。

有在「銀章魚」工作經驗的我，還以為自己已經完全了解章魚燒這門生意。

這時才發現，對於「應該要將焦點放在客人喜歡的東西之上」這件事，我太輕忽了。

發現自己的錯誤，第一次學習到做生意應該要「脫離以自我為中心」。

那是二〇〇一年一月的事。

28 夾心餅乾的媽媽

創立新事業在我家來說，可說是和爸爸的戰鬥史。我從東京回來之後，只要見到爸爸，兩人便會吵起來。

媽媽分析因為在現職企業家的爸爸眼中看來，我根本全身上下都充滿了各種問題。

但相反地從我的立場看來，完全覺得「你又沒有做過章魚燒店，這是我自己要創立的事業，你憑什麼用那種欺壓人的方式說話！」

而且我有存款，打算在能力範圍內開始做生意。

我還向媽媽放話說：「要是得跟爸借錢，我寧可不做生意。」

雖然後來我還是低頭了，但那時候心裡想的是：「無論如何我都要靠自己的力量成功。」

我想這種爭執的情況，大概經常發生在企業第一代與第二代之間。

媽媽總是三不五時到陽臺露個臉，幫我加油、給我建議。當我在某些關卡止步不前的時候，她就會默默地坐在我身邊看我烤章魚燒，看著章魚燒烤好便回房去。

而爭執通常發生在我收好章魚燒的工具，吃晚餐的時候。當時爸爸和我只要一點小事就會開始吵架，就是那樣的狀態。

尤其是在開始創業時，其實自己完全不了解經營相關的細節，但爸爸稍微給點建議我就大動肝火，甚至兩個人簡直要打起來。

雖然之後我開了好幾間分店，但其實每次媽媽都會跟我說：「我不想夾在你們兩個中間，別擴展事業了好嗎？」之類的話。

「茂久，你為什麼老是要生你爸的氣啊？」

「因為他很煩。」

「但你爸說的大多都是正確的事情喔。」

「我弄錯了也沒關係，我自己會負責。」

「你還真是小家子氣、度量太小了，是我就會借用你爸的力量好好做呀。這樣下去的話，你的氣度是沒辦法超越你爸的。唉呀，總之至少你們別再吵架啦。」

小家子氣……沒度量……

不是不知道媽媽的意圖，但當時我這男人的自尊還真是「啪嚓」的一聲斷裂。如果說我「錯了」或者「不對」，或許還能聽聽就算，但被人說是「小家子氣」「沒度量」之類的，我想所有的男人都不想聽到這種話。所以我會加倍努力並不是有什麼漂亮的理由，而是因為感到受傷。

確實爸爸在經營方面是我的前輩，也是個成功的商人，所以經常說：「我的判斷是客觀的。」或許媽媽只是想告訴我「你得更機靈些」，但對我來說，那表示一旦開戰，媽媽就是站在爸爸那邊的共同敵人。

在這種情況下，章魚燒的店名和概念大致上也定案了。

我曾和一位小我一歲的朋友約好要一起開章魚燒店，但他在十七歲就去了天國，所以我讓店名中，帶著我要送給他的希望。

直達天聽

第一章

「成為日本第一的章魚燒店」
這是我和你的約定
放進嘴裡啪嚓、化開
最愛那拓展到無限的小小宇宙

在我十八歲的夏天　你成為星星　我獨自踏上旅程
時光荏苒　那章魚燒小弟成了章魚燒老闆
我現在　與新的夥伴在這裡

萬分感謝　章魚燒
告訴我與人相遇　愛人的豐盈之心
這次要將這口味送給重要的人們
希望能夠傳達給大家
也希望這個願望能夠傳達到天上

店名就是：「直達天聽」。

雖然這是個有意義的店名，但除了口味外，還有另一個大問題。那時候其實還沒有找到做生意的地點。我總是奔波於超市間，和店家老闆有著這樣的對話。

「請租攤位給我。」

「你大概可以賣多少？」

「一天營業額設定為二十萬元。」

「根據什麼？」

「請相信我。」

這種話當然是沒有人會相信，現實是很殘酷的。

29 總之要像個專家

租攤位不行的話，還可以利用活動——

所以後來我換了個方向，想藉著活動來賣章魚燒。

這時我經常拜訪中津市一間知名超市的店長聽了我的希望，便告訴我：

「如果是活動的話，就辦辦看吧？」

對方給了我機會。雖然沒有正式簽約，但至少我得到了能夠賣章魚燒的機會。

二〇〇一年三月四日。

我組裝好活動用的道具，推著章魚燒的烤臺，幾個人一大早就開始做準備工作。中午前把材料準備好以後，我們再回到家裡，開始為第二天，也就是五日的營業開會。

爸爸看著我們的樣子，只說了一句話，就讓我怒火攻心。

「你們在幹嘛？趕快去賺錢啊。」

結果因為爸爸這句話，讓我馬上起身行動，沒等到翌日，我們四日當天下午就開始賣起了章魚燒。

其中一位工作人員，因為在「銀章魚」實習過，所以對於工作流程相當熟悉。兩個人烤章魚燒，我那剛結婚就忽然成了老闆娘的妻子壽美，還有在後面幫我們切章魚和蔥花的媽媽，總共四個人就開始做起了「直達天聽」的生意。

沒想到生意好到不像話，客人大排長龍，隊伍始終沒斷過，我們一直賣到超市打烊。

說老實話，我也沒料想到這種狀況。就連只是來看看我們狀況的弟弟幸士，都被我拖下水幫忙工作。

「我要幹嘛啊？」

幸士也不知如何是好。

「切章魚，然後從袋子裡把紅薑拿出來。」

媽媽說。

「總之你要看起來像個專家！」

我只說了這句話就放手讓他做。

現在想想，居然讓來探班的普通人加入店員的行列，實在一點都不專業。但當下實在不是講這種話的時候。

結果接二連三把來探班的朋友和認識的人都給拖進來，甚至連錐子都塞到他們手上，讓他們去烤章魚燒。現在回頭想想，這真是有夠糟糕的開始。

30 打造營業場所

每天都忙得非常興奮，銷售金額也越來越高，非常順利。

但是後來我必須面對兩個很大的問題。

第一個問題在「直達天聽」開張後，不到幾個月就降臨了。

人會成長，成長後一個人能做的事情就變多，工作起來也比較輕鬆，於是陷入了人手過多的情況。

如果維持一樣的人數，將花費不少人事費用。但大家都是為了我的夢想聚集而來，當然不能隨意辭退他們，解決辦法就只能拓展新的營業場所了。

「為了讓大家有飯吃，到底該如何是好……」

我創業當下的感動瞬間就灰飛煙滅，立刻就得思考身為經營者得做的工作。

「到底哪裡不對……我只是單純想烤好吃的章魚燒，然後將東西交給客人而已啊！」

我把這種真心話都往肚裡吞，開始踏上尋找下一個賣場的旅程。

有一天，媽媽的朋友提議我可以去市集開店。

當天我將章魚燒工具堆在破破爛爛的小卡車上，到市集附近的便當店借廚房烤起了章魚燒，那天是媽媽來當我的助手。

正當我快手快腳地烤著章魚燒，媽媽那位大叔朋友忽然問我：「你可以這樣跑來跑去賣嗎？」

「我沒有做過，應該可以。」

「那我幫你介紹大分市內最熱鬧的超市吧，說是辰美姐的兒子，對方應該也會答應。」

「謝……謝謝您！我會努力的！」

於是我得到了移動銷售的新機會。

借了輛便宜的卡車，把活動用的工具都堆上去，帶了章魚燒烤臺，甚至連長崎、福岡、鹿兒島都去過了。

31 沒有錢！

另一個問題就是資金了。

一般來說，超市付款都是「月底結帳，次月底支付」，我簽約的超市也都是這樣。

舉例來說，四月的銷售額，要到五月三十一日才會入帳，而我竟然忘記這麼基本的事情。

「沒問題了！錢馬上就要進來，可以過得下去。」

一直這麼想著，等到我發現事情不對的時候，已經過了快一個月。

那時我已經把自己存的創業資金都花完，完全是口袋空空的狀態。

打工者的薪水、材料費、其他必要的經費……完全沒有錢可以負擔這些支出，而周轉金要下個月底才會進來。

創業才一個月，就陷入生意做不下去的地步。

「你要怎麼辦？」

「跟銀行借。」

「哪有那麼容易的。」

「但總得想辦法啊。」對於媽媽的擔心，我不耐煩地回答著。

「不是有你可以依靠的人嗎？」

「我死也不要依靠那個人。」

「那你就只能去死了。」

「對不起，請借我錢。」

結果我最後還是向那最後一絲的希望求救，也就是跟爸爸低頭。這是逼不得已的，只是暫時投降。

「第一個月就資金短缺，你白痴啊！」

「是，我是白痴，所以拜託借我錢。」

「我可以借你，但有條件。」

「……是什麼？」

「你不適合當經營者，我要買你的經營權。」

還以為他只是要說些惹惱我的話，結果居然是要我交出經營權。之後爸爸才告訴我，其實那是要「看看你有沒有身為經營者的覺悟」，但我當時真是嚇死了。

在媽媽協調之下，經營權並沒有變更，我也借到錢了。

但這還是讓我非常不愉快，所以我盡可能削減經費和人事費用，不到三個月就還了那筆錢。

結果身為商人的我，才剛起步便經歷了嚴苛的洗禮。

32 改變經營型態

人手過多、資金卡關……

這些問題好不容易解決了，但是過了幾個月之後，我才發現一個致命的問題。乍看之下明明生意興隆，但不知為何根本沒有產生利潤。

錢雖然沒有減少，但也沒有增加，數字幾乎沒有變動。妻子壽美幫我管理財務，發現這件事情後，才請稅務師幫忙看我們的財務報表。先前我因為覺得反正自已看不懂，所以完全沒有看。

居然連自已是賺錢還是沒賺都沒在看，完全不是商人該有的樣子。

那時候才得知，將銷售額訂為一〇〇％的話，當中有四〇％是成本、三〇％是人事費用，另外場地租金是比例制，為銷售額的二〇％，也就是一天賣了四十萬的話，那麼就會被扣除八萬的租金，這樣一來利潤就只剩下一〇％。

這個月銷售額是四百萬，乍看覺得這樣算是很不錯了呢，但利潤只有一〇％，所以簡單的計算，就知道利潤只有四十萬而已。而且移動時產生的交通費、住宿費等再扣一扣就沒剩多少了。

不管賣了多少，這樣下去業績根本不會有進展。就算運氣好一點有盈餘，要是遇到一點問題，馬上就會蒸發殆盡。

「不能一直這樣下去啊！」

因為這個念頭，我在二〇〇二年四月，終於想到了「中津路章魚燒本店」的計畫。

如果只是開間章魚燒店需要的空間，而且就在中津路上，那麼就算再怎麼貴，應該一個月租金只要十萬左右。

十萬元大概是舉辦活動時的單日銷售額。

「這樣的話就能做！」

先前我完全沒有好好思考，一直支付高額的租金，就算如此也還能經營，所以我確信自己能夠辦得到。

不過最大的原因，還是我一直覺得外帶店沒辦法做到一件事情，那就是**「我想看客人吃章魚燒的表情」**。

33 反擊之心動搖

首先腦中刻畫的是一家彷彿在家般舒服、很時髦、感覺很棒的章魚燒店。

一邊思考著店面的概念，我也開始詢問當地的女孩子：「妳們希望有什麼樣的店家？會想去哪類的店家吃東西？」

得到最多的三項意見是：

「工作人員親切。」

「時髦。但不會有拒人於門外的感覺，可以放鬆的店家。」

「有停車場。」

這三項。簡單來說就是人、氣氛、停車場。

所以我用這幾個條件來構思，卻始終找不到適合的地點。就算是看到覺得「這間還不錯」的房子，也已經有人在那裡開店，而且生意興隆。

此時我忽然想起有個地方或許可以。

「我因為要放活動用的工具，所以借了一個倉庫。」

為了要交涉是否可以租借那個倉庫營業，我拜託爸爸「請讓我和房東見面」。

「你要見他幹嘛？」

「我想跟他說，謝謝他把倉庫長期借給我。」

「不用啦，我會跟他說。」

他常常告誡我「房東、業者啦，那些平常照顧你的人，你一定要去打招呼」，所以我覺得他這樣回答挺奇怪的。

結果有一天，某個不動產仲介跟我說：「你老爸真是買了個很棒的地點呢。」

找到房東了，原來根本就是我老爸本人。

我免費借的那個倉庫，跟那四百五十坪的土地，是爸爸瞞著媽媽買下的土地。

這樣的話，我只有一個辦法了！

「爸！我絕對不會跟媽說的！那塊地借我吧！」

我半威脅半請求地拜託他。

「你說這種話，是有要好好付租金嗎？」

他沒有馬上說不行，而且聽起來還挺心虛的。

「現在我的章魚燒生意每個月就要支付將近一百萬的租金，沒問題的，相較之下超輕鬆的呀。」

「這樣啊……」

既然他沒有強烈反對，我當然要一鼓作氣，立即把事業計畫書提交給爸爸。

「我現在支付這麼多租金，如果用來付地租和房子的費用，也能有足夠的利潤。」稍微說明了我的計畫。

因為有把柄在我手上，所以爸爸沒怎麼反對。只說了一句：「不要太勉強喔。」

我就這樣成功瞞著媽媽，和爸爸簽下了秘密租賃契約。

接下來就要畫設計圖了，但我完全沒有畫過。

「你要蓋什麼樣的建築？」

「要開什麼店？」

無論誰來問我，我都只回答「有座位的章魚燒店」。但就是會有人說：

「要開的話，最好還是有其他飲料。」

「如果有團體客怎麼辦？」

收到大家各種相當積極的意見。結果本來只要十坪大的建築物，想著想著成了二十坪、三十坪……因為把大家的夢想都放進去，所以建築物也越來越大。

理所當然，投資金額也膨脹到原先的七倍之多。

不過我並沒有很擔心，爸爸或許也開始覺得有趣，還會跟我說：「茂久，我覺得在這邊的客人座位最好要有這麼多。」之類的話，所以覺得至少他會當我的借款保證人吧。

最後整合意見，得到的結果是一樓占地四十坪、有六十個座位的寬敞店家。甚至還說也不用只賣章魚燒，可以賣些其他的餐點。

34 男子氣概的媽媽

光是蓋棟房子就能讓夢想如此膨脹，接下來還有最重要的事情，也就是資金。

我從三年前開始做章魚燒生意，也有做出一點成果，因此想著「只要有保證人，銀行就會輕鬆借錢給我吧」，結果沒想到對方表示「要有保證人和擔保品」。這樣一來又得開始和爸爸討價還價。我從各種角度和爸爸交涉，希望能夠拿他的土地做為擔保，讓我去借錢。

這個時期，家裡根本就是以前那個投資節目《金錢之虎》的狀態。《金錢之虎》這個節目，是讓想要創業的年輕人，在那些成功的經營者面前報告自己的計畫，如果經營者覺得那個創業計畫可以執行，就會投資。但在那個節目當中，老虎們幾乎沒有投資過，甚至還常出現他們斥責大家對於商業有多麼天真的畫面。

我在家中報告的狀況，大概也是如此。不斷聽到「太天真了」「這樣還不行」，資金計畫一直被退。對老爸來說，這是他對我的教育，而我也抱持著「可惡，這次一定要成功」的心態而開開心心做這件事情，不過一直看著我們的媽媽，有天卻突然開口。

「老爸呀，我一直看你們這樣，你也太過份了吧，這樣根本就是欺負他。」

「不，辰美，不是，我是……」

「對啊，媽，沒有啦。那個……」

「不，我沒錯，已經夠了，茂久。」

這次媽倒向我這邊。

「我來出錢！」

「咦？」

我和爸像二重唱，發出驚愕的聲音。

雖然老媽很喜歡開店，但應該沒怎麼在意錢。

「我只要能擁有開心工作的自由就好了，錢的事情全部都交給你老爸。」

原先一直都這麼說的媽媽，忽然說她要出錢，爸爸和我都嚇了一大跳。當下連剛好在一旁的弟弟幸士以及負責處理我公司帳務的妻子壽美，也都非常驚訝。

「辰、辰美，妳有錢嗎？」

「有啊。我有在工作，應該也有一半的權利吧？這一半我都要投資茂久，爸爸，你拿錢出來吧！」

真是所有人聽了都要跌倒，結果還是要從老爸的帳戶裡拿錢。

「不是……媽，爸和我不是在講那個啦，只是在談一些之後的融資、還有跟房東交涉房租之類的細節……」

「茂久的爸。」

「怎樣？」

「我去跟房東交涉茂久的租金，你幫我介紹吧。」

「不，辰美，那個……我去就好了啦。呃……」

怎麼可能幫忙介紹呢？老爸就是那個神秘房東啊！

「爸媽幫忙兒子有什麼不對的！茂久，放手去做！」

「呃，好。」

媽媽雖然大多時候相當天真，不過生起氣來非常恐怖。

由於祖父是曾祖父的養子，因此媽媽一歲的時候就改姓松本，不過出生的時候使用原先的姓氏，名字是「豬熊辰美」。豬、熊、龍、蛇（譯註：日文中的辰同時可寫作龍或蛇），實在是有夠誇張的名字。我不認識祖父和祖母，但覺得他們真是取了個厲害的名字。

而且她還是虎年出生的獅子座，動物占卜中也是獅子，在動物占卜中分別是小鹿的爸爸和山羊的我，怎麼可能贏得了她。

因為媽媽搞不清楚狀況的怒喝，爸爸只好心不甘情不願地把剛買下不久的「向陽之家」預定地拿去擔保，也成為我的保證人。就在媽媽毫不了解狀況下的大絕招，我的資金計畫終於到位。

35 聚集笑容的另一個家

「你們這些只切過高麗菜和蔥的傢伙，要怎麼做餐點啊？」

「沒問題啦，媽，這個時代什麼都有，也可以用冷凍食品啊。」

為了讓擔憂的媽媽安心，我才這麼說。

但其實我早就決定好，盡可能不要依靠冷凍食品。我想要端出員工親手做的料理，盡可能多費一些功夫在上頭。

在盡可能研究之後，好不容易才決定了菜單和建築物的藍圖，房子也非常順利的建造中。

接著就是「直達天聽」第二階段的舞臺——「向陽之家」的起點。

直達天聽

第二章

開了章魚燒店的我們

背著鐵板東奔西走

看見了許多人的許多笑容

有天我們想著

「想更近距離看見笑容，對了，打造餐桌吧！」

因此有了天之食堂（「直達天聽」的餐桌）
在暖洋洋的陽光下　和喜歡的人度過快樂時光
那裡就是另一個「家」
這裡是聚集笑容的場所
歡迎來到我們的「向陽之家」

36 為相遇之人帶來感動

「辛苦啦！」

向陽之家的開幕活動結束後，我趴在店裡的桌面上，媽媽拿了茶給我。

「你還真是累壞了。」

「是啊，不過開始都會這樣吧？」

二〇〇三年五月十二日，開幕活動結束後，客人和工作人員都離開了，只剩下我和媽媽待在向陽之家裡。

晚上六點開始的開幕活動，不小心讓太多客人進來，餐點和飲料都來不及上，慌亂了好一陣子。

後來正式營運之後，我才發現客人會在不同的時間點，零零散散地進來。客人一口氣衝進來、馬上就沒有空位這種事情很少發生，但我在開幕活動的時候並不明白，還狐疑地想著：「一般餐飲店到底都是怎麼辦到的啊？」

「不過茂久啊，今天的生日活動會出名喔，我真的很感動。」

剛好開幕這天，是某位員工的生日，她是位非常努力的女性，為了慰勞她才進入公司沒多久就盡心盡力協助開店，整個廚房因此停工，特別關掉電燈幫她慶生。

結果場面非常熱鬧，連來參加開幕活動的人都說：

「這個慶生活動太棒啦！」

幾乎沒人告訴我關於料理的感想，都是在說這件事。

被慶生的人因為感動而大哭，當時緊抱住她，不知為何也一起大哭的人正是我媽媽。

現在我手頭上還有向陽之家開幕活動那天慶生會的影片，主角旁邊就是我那大哭的媽媽。

「媽，那只是一時興起做的，正式開幕之後不會這樣啦。」

「正式開幕後也做吧，我覺得那樣很棒。」

「這裡是餐廳耶，那個活動也太浪費時間沒效率了吧。」

「效率是不會產生感動的。」

「咦？」

「當然有效率出菜很重要，但做沒效率的事情，當中才會產生感動啊。」

確實如此，媽媽經營的夢工房在包裝禮品的時候，都會手寫卡片給客人，有些產品只為了那個客人而進貨，她開的店非常沒有效率。

但結果卻是受到感動的人們，口耳相傳，夢工房的好口碑一下子就傳了開來。

媽媽這位沒效率商人代表說的話，可不能無視。

「人都能確實感受到被招待的誠心，只要覺得『竟然為我一個人做到這個地步』，就會非常感動。你要不要盡量想些其他店家覺得很麻煩，所以不做的事情？畢竟你們除了章魚燒之外，其他地方幾乎都是門外漢，得要努力做些能讓客人再次光顧的事情。」

依照媽媽所說的，決定從開幕起辦的生日活動，之後也持續做下去，那天在場的客人們也紛紛前來預約。

向陽之家營運的第六年，也就是二〇〇九年的時候，這個生日驚喜活動在顧客口碑流傳之下，甚至外縣市的客人也遠道而來，每年光外縣市的客人就有一萬人以上，每間分店，生日活動一年都會辦到一千五百場左右。

向陽之家澈底走在其他店家不做所謂「沒效率」的道路上，如果以高效率經營做為首要策略，恐怕是無法打造出向陽之家的。

37 讓別人快樂，拓展了自己的道路

其實這種沒效率對於向陽之家來說，反而業績變好，而且有了許多戲劇化的發展。

最沒效率之事的代表，就是辦生日活動了，這可不是普通程度的沒效率。生日活動的預約每天都有好幾件，如果是週末，還曾經有一天辦十場的紀錄。這是理所當然的，因為中津附近的人口有八萬，而幫忙辦生日活動的店家應該就只有我們這一間。

活動內容是忽然關掉電燈，用小號吹奏「生日快樂歌」，然後廚房裡那長達四公尺的鐵板會燃起熊熊火焰，接著手工蛋糕便會送到壽星面前。

真希望自己出生的紀念日，能夠得到大家充滿愛的祝福——正是這種想法，打造出向陽之家的生日活動型態。

在活動的這段時間內，廚房的工作全部都得停下來，當然也沒辦法接受客人點餐，店裡所有的人，都集中在為壽星祝賀的活動之上。

實際上從開幕時那個員工的生日活動開始，就有許多人來洽詢：

「要怎樣才能幫我們辦那個生日活動呢？」

但每次都要讓廚房停工，這怎麼想都非常沒效率。

不過我們重視的是：這麼做的時候，那位客人有多麼開心。

並不是靠著多有效率來提升營業額的，我會如此徹底執行沒效率之事，當然也有理由。

因為我認為，**既然要做的話，那就應該賭下一切，讓人能夠露出笑容、流下感動之淚**。

畢竟生日對於一年以來如此努力的壽星，是唯一一天鎂光燈會打在他身上的日子。

所以這個活動概念就是：

「謝謝你出生來到這個世上，我們向陽之家所有的員工，都覺得能見到你實在太幸福了。」

其實除了本人之外，我們也希望現場的所有人都感到開心。因此所有的員工都會參與，將音樂放到最大聲，大家齊聚外場，就連其他客人也忍不住鼓起掌來盛大慶祝。就連原本沉默的客人，也都很自然地加入。

生日活動結束後，大家都歡欣鼓舞，沉浸在開心的氣氛之中，剛剛形成的快樂龍捲風，會讓店裡充滿著活力。

當然，一開始我們也做好覺悟，這樣很有可能會因為太吵，所以其他客人就不來了，實際上的確也有這種客人。對於這件事情，媽媽的看法則是：

「不可能讓百分之百的客人都感到滿意。最重要的是：確定自己想要重視的是哪些客人，好好思考那些人是否感到開心。」

因此開幕半年後，我的父母成為向陽之家的顧問。

爸爸負責的是經營戰略。

而媽媽負責的是營業方針。

如媽媽所說，只要用盡心思獻上祝福，其實我們的想法是能夠傳達給客人的。透過這個活動，我完全迷上了那些客人感到開心，還有喜極而泣的樣子。這是我人生第一次想著，原來讓別人快樂，是這麼快樂的一件事情。

「要怎麼做，客人才會真正感到開心呢？」

先思考這個問題，然後持續「追求低效率」，事業也越做越大。

- 以章魚燒起家的向陽之家，不知何時起成為中津地區生日活動場地的代名詞，結果因為客人的期望，後來連婚禮也辦了。
- 以「為生養我的商店街注入活力」這個概念，打造出的向陽之家二號店「直達夢想天聽」，之後成為居酒屋業的模範店。
- 向陽之家培育人才的方法和經營理念都受到矚目，我開始四處演講。
- 以每天的活動手冊為主題，在鹿兒島舉辦了多達五百人的研習活動。
- 湊巧來店裡參加婚禮的出版社總編和我商談，拓展了出版之路。
- 因為我有出版社的工作經驗，因此催生了自己的出版工作室。

不過這和擁有夢想或精密的計畫來逐步拓展事業並不相同，正確來說是因為我不斷追逐著讓眼前之人感動，回過神來才發現自己事業已經拓展到這個地步。

而這一切都正如同媽媽對我說的：

「你要成為讓別人快樂的人。」

一切都是以這句話為主軸誕生的，也是無可動搖的事實。

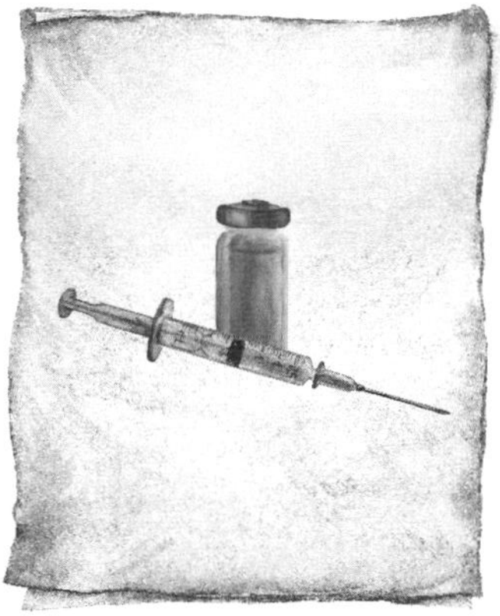

第四章

MOTHER

38 生活中充滿著好多的最棒

不管是爸爸、弟弟還是我，應該都算是相當有個性的人。
不過有時我會想，或許媽媽才是最誇張的吧。
「我也很辛苦，有很多煩惱呀。」
雖然她總是這麼說，但感覺她的運氣其實相當好，過得非常幸福。
當中特別讓我認為「她實在是有夠幸福的」，便是媽媽的興趣。
那就是健康營養食品。
她的身體原先就不是非常強健，三十二歲的時候生了一場大病，之後我家就一直都有健康食品，根本多到可以拿去賣。
「如果是為了健康，死了也沒關係。」
健康食品中毒的她，甚至對著要阻止她的爸爸說了這種莫名奇妙的話。
不過該說她是容易厭倦，還是喜新厭舊呢？

她總是會找到新的健康食品，告訴我們的時候，就好像上班族在說：「我發現一間超好吃的義大利餐廳，我們下次一起去吧！」

還想著她該不會是打算做起這門生意了吧？但完全沒有，她就只是要我們吃而已。

她每次都會說：

「我找到最棒的東西了！」

而且說得非常認真，我真心覺得這樣的她實在相當幸福。

要是我做健康食品的生意，一定會把新商品先拿去給媽媽吧。

當中媽媽特別喜愛的，是她在我小學三年級時找到的東西。

在生意開始繁忙的時候，媽媽幾乎不做早餐了。

但是她會把像奶昔的健康食品倒進水裡，放在桌上就走了。這表示：「你們自己搖一搖喝了再出門。」

上了高中之後，旁邊還會放著五百元。這表示：「在學校福利社買自己喜歡吃的東西吧。」

我念的高中有時會有人來賣熱騰騰的便當，所以我中餐幾乎都是吃炸雞塊便當。而且中津可是全國有名的炸雞塊聖地，下課後我也都在學校附近買炸雞塊吃，真的是吃到覺得自己都要變成雞了。

「媽，妳不會偶爾想幫我做便當嗎？妳不擔心我的身體嗎？」

我也曾這麼問過她，卻得到了一個震撼人心的答案。

「早上有吃健康食品，沒問題啦。就算炸雞塊便當害身體變差，也可以打平啦。」

就算我是她兒子，還是嚇了一大跳。

該說這是非常積極正向的思考呢？還是居然有人能如此把任何事情都想成對自己有利？實在令人感到敬佩。

不知道聽誰說過，幸福靠的是自己的念頭，所以我一直覺得被最棒的東西圍繞著的媽媽，實在非常幸福。

而喜歡健康食品的媽媽發生了難以預料之事，是在二〇一五年的夏天，我正巧四十歲犯太歲的那年。

39 媽媽的挑戰

二〇一三年，我們向陽之家的業績持續攀升，因此在福岡市中心也開了分店。同時我的書銷量也不錯，演講也越來越多，因此在家鄉的店便交給各店長，我自己則轉移據點，以福岡為中心，擴展到全國到處演講。當然，也比較不常回中津了。

在習慣這樣的生活以後，某天忽然接到媽媽的電話。

「哇！好久不見，媽最近好嗎？」

「嗯，我很好。今天找你有點事情想商量。」

那時候媽媽因為向陽之家和我自己的事業都有不錯的進展，加上要照顧我和弟弟的孩子，也變得比較常來我們的店裡幫忙，因此就把夢工房的經營權轉讓給他人，做著比丘尼的工作，同時照顧著自己的孫子們，悠哉地生活。

在這段期間，寺廟中某位大人物告訴她：「不要只做寺廟的工作，還要貢獻社會。」

她才剛過六十歲，確實我也覺得退休還早了點。

「所以我想說啊……」

「什麼？」

「我覺得將來，社會應該會認為健康是非常重要的。所以我先前就想經營女性專用的健身房，你覺得如何呢？」

「我猜妳應該已經著手進行了吧？」

每次媽媽問我「你覺得呢？」的時候，通常都已經開始行動，我很明白她只是想要我「推她一把」。

但有件事情我有些擔心，也就是這樣的事業，通常不是像夢工房那樣自己創業，而是加盟連鎖店。

她並不是一個能夠受到束縛的人，我想她的人生當中，應該沒有那種依照手冊工作的經驗。

我自己曾在「銀章魚」的總公司待過，非常清楚什麼樣的人並不適合經營加盟店，而媽媽正是那種人。

「沒問題，畢竟我都這把年紀了才要做，還是有工作手冊會比較好。」

因此媽媽在寺廟、夢工房之後的下一個挑戰，便是女性專用健身房。

當時我在福岡開了好幾間分店，還有演講、寫書等工作，也才剛創立了出版工作室，實在是忙到天翻地覆。而且畢竟那是僅限女性會員的體系，所以我完全幫不上忙。

40 講好久的電話

就像是父母相當了解孩子，孩子也非常清楚父母的個性。孩子隨著自己年齡的增長，也會逐漸了解父母對自己來說，雖然是有著絕對性的存在，但他們其實也只是普通人。

尤其是我長年是一位經營者，更加了解經營者的性格。

我不安的預感果然成真。

無法適應條列式規矩的媽媽，不斷地抱怨各種事情。

結果媽媽只要遇到一些小事，就會打電話給我。

電話次數和頻率的高峰，就在那次的兩年後，也就是二〇一五年，健身房可能要開二號店的時候。

我想大部分的連鎖體系都是這樣，加盟店和總店經常會由於各自立場不同而引發一些糾紛或爭執。就總店來說當然希望營業規模能夠擴大，但加盟店也有自己現場的考量。

一號店好不容易才算是步上正軌，總店馬上告知已經確定了另外一間新店面的位置。

這時候依照連鎖加盟的慣例，附近地區的店家若沒有打算接手，那麼就是總店自己經營，或是有其他躍躍欲試的人打算接手的話，權利也可能讓給別人。但是像中津這種鄉下地方，如果是由不同的老闆來經營，那麼原先店家的營業額一定會減少。因此就算有些勉強，大部分在同一商圈內的店家，通常還是同一個老闆。

媽媽的公司不例外也是這麼做，因此她還是接下了二號店的經營權。

「媽，妳要不要把經營權讓出去？不需要勉強自己做啊，我這邊的公司很穩定不就好了嗎？」

「可是我放不下一號店，真不知道為什麼一定也要做二號店，為什麼要兩間店都開在中津啦。」

我們一直重複著這樣的對話。

或許是因為她已經很久沒有經營公司，電話裡已經沒有她過往開心建立夢工房的那種霸氣。

有天演講之後的聯誼會上，媽媽打了好幾通電話給我。

我擔心是有什麼事情，所以稍微開溜出去接了電話，結果又是一樣的事。

「我說媽呀，我現在正在聚會，很忙啊，妳到底是怎麼了？最近一直抱怨耶，我都聽到煩了。」

「說的也是，真抱歉。最近準備開張所以老覺得累到不行，但躺下來又想聽聽你的聲音，真是對不起。」

這是養育我長大的媽媽，所以不管她說什麼，我都應該默默聆聽，本來是這樣決定的。

但或許是太過忙碌，我又喝了酒，一不小心就吐露真心話。

「不過那是因為媽一直抱怨，是她不好。」

我努力這樣說服自己，然後回到聯誼會的宴席上。

在那段巔峰時期，我開始討厭和媽媽講電話。

之後不知何時起，頻繁打電話給我的媽媽忽然就不再來電。而爸爸打電話告知媽媽生病一事，是兩個月後的事情了。

聽到爸爸來電告知「她身體狀況不好」的時候，我想起媽媽曾說的話，心想「這下糟糕了」。才想到「那時應該好好聽她說的」，但早已來不及了。

41 感到痛苦才能了解的事

到了現在，我都還是不懂，為何三個大男人會對媽媽和疾病奮戰的生活如此拚命。或許爸爸相當愛老婆，而我和弟弟覺得從前給她添了太多麻煩，但理由絕對不只如此。姑且不論我是她兒子，想來媽媽應該擁有那種，讓周遭的人無法棄她於不顧的神秘特質。

二〇一六年，由於向陽之家福岡店開幕，正巧我的演講量也減少了。為了協助媽媽對抗疾病，能婉拒的演講我都推掉了。

餐飲、出版、演講，我的三大收入之一就此斷絕，我也不在乎。當然我認為演講這個事業有所極限，也是原因之一。反而是減少演講，決定多在病房裡陪陪媽媽後，才發現寫作這個工作有多方便，也讓我決定將精力放在出版上。

情。

　　這次對抗疾病的生活，讓我回想起小學六年級時，媽媽因為肝炎而住院的事情。

　　媽媽是相田光男先生的粉絲，而契機就是住院時來探病的朋友，帶了他的名作《所謂人類》給媽媽。

　　那本書後面，有媽媽留下的話語。

「我很感謝平常跟我在一起的人，不過這種痛苦的時候，願意特地來看我的人，更加令人感謝，我也希望成為這種人。　一九八六年四月十三日　辰美」

在這段留言的三十年後，身為兒子的我在她病房裡寫書，實在非常奇妙。

　　也因為這個情況，我的工作開始加重了出版的比例，而做出「在這個業界生存下去」的決定，還有另一個原因。

　　在知道我媽媽住院後，第一位趕來探病的，便是發行我著作的「KIZUNA出版社」的岡村季子社長（當時她是專務）。

「ＫＩＺＵＮＡ」的意思就是羈絆，他們相當重視人與人之間的羈絆，透過我的活動認識媽媽，他們也非常重視我的媽媽。而且她在百忙之中還特地從東京前來，我到現在都還十分感激。

這之後媽媽的口頭禪變成了：「你若是要背叛『ＫＩＺＵＮＡ出版社』的話，就別再搞出版了。」

以前媽媽總是對我們說：「婚禮很不錯，但是葬禮更重要。」雖然媽媽沒有明說，不過她希望自己能夠成為那種可以在別人痛苦時趕到的人。

這些想法讓我在那段時間，盡可能將演講從我的工作中排除，把精力放在出版上。

42 針對孩子們的誇張教育論

「奶奶，妳身體好嗎？」

「嗯，我沒問題。亨太郎啊，在學校開心嗎？」

「嗯，除了讀書以外都很好。」

我有兩個兒子，大的叫亨太郎，小的是隆之介。

亨太郎或許和我比較像吧，上了國中以後就幾乎沒在念書。

問他原因，他說是「太無聊了」。

想想也是滿有道理的。

當媽媽生病時，最常在病房出沒的，意外的竟是剛升國三的長男亨太郎。他三不五時就會前往醫院，幫我們的忙。想來也因為是長孫，媽媽原本就很疼愛他，所以無論何時都會站在亨太郎那邊。

有很多事情，都是自己成為父母之後才能理解的。

我也曾經提到自己的過去，開口要他「好好念書」，在那瞬間成為教育型的爸爸。放暑假一起回老家，但我卻認真地緊盯著他的功課。

我的媽媽，也就是亨太郎的祖母，總是拿著小魚乾和豆腐告訴他：「吃這個頭腦會變好，要好好嚼喔。」

我可是被健康飲食和食品纏繞了二十年，一聽到這話馬上就想逃走，但為了兒子還是忍耐著。

這樣的生活大概過了十天左右吧？亨太郎睡著的時候，媽媽忽然找我過去說話。

「茂久，你別繼續逼亨太郎了。」

「為什麼？」

「我是想啊，亨太郎不太適合念書。但是那孩子很喜歡和別人在一起，也喜歡做料理，要不要讓他在向陽之家工作啊？」

「等等，他才國中耶，餐飲店也太……」

「你國中的時候不是也在章魚燒店工作嗎？」

「啊，的確是。可是……」

媽媽打斷我，又繼續說下去。這樣一來就跟以前一樣，我只能乖乖地聽下去了。因為現在無論我說什麼，都只像飄散在空氣中，隨風而逝的煙塵。

「會念書的確很棒，可是運動很強、會做料理、能親切待人，也都是很棒的才能喔。尤其是出了社會之後，能讓別人快樂的人，才會先成功吧？我覺得應該讓那孩子的才能多多發展才是。」

乍聽之下好像胡說八道，但她說得如此認真，就會覺得其核心思想相當有說服力，真是個可怕的人。

「不管怎麼逼，不念書的孩子就是不會念書，會念書的孩子就算你阻止他念也沒用。等到亨太郎需要的時候，隨時都可以念書不是嗎？你也是某一天忽然自己就去念書啦。雖然後來馬上就覺得厭煩，而去開了章魚燒店，但我覺得那就是你選擇的道路。」

會念書的孩子就會自己念，不念的就是不會念，或許確實是如此。

「而且啊，亨太郎跟我說：『奶奶，我真的很笨。』不過我告訴他『自己覺得自己是笨蛋』的人，並不是真正的笨蛋。所謂笨蛋，是那些誤以為『自己什麼都知道』的人喔。亨太郎沒有成為那種人真是太好了，這讓我放下心來。」

由於這天的談話，我就沒再繼續逼他了。

也因為如此，亨太郎非常喜歡祖母。

如同媽媽說的，亨太郎雖然沒好好念書，一邊在向陽之家打工也還是順利從高中畢業，現在去東京的廚藝學校念書，同時非常有活力地在銀座的壽司店工作。

將來會走上哪條路是未知數，但身為爸爸、身為活得比較久的男人，我認為他能夠在這個時候就發現自己熱中的事情，實在是太好了。

43 犯太歲而禍不單行

毅然決然面對疾病，我們經常在電視上看到那些堅強的人。

但很遺憾，媽媽在面對疾病上，似乎並沒有那樣強韌的心智。

雖然在寺廟的後輩之類的人前來探病時，在那些外人面前，她會像變了個人似地說些好事，但在我們面前就只是個撒嬌的孩子，簡直像有雙重人格。

每當會客時間結束，在我要離開時，她都會在走廊不安地目送我離去。還有一次她忽然聯絡我們說：「我站上體重計，發現比昨天輕了八公斤。」嚇得我和爸爸飛奔到醫院，結果只是體重計壞掉而已，這類的事情有一大把說不盡。

負責照顧她心理狀態的人是我，而我也知道話語的重要性，因此每天前往醫院的同時，還要琢磨著積極思考的重要性。

當年我犯太歲。有位占卜師在年前告訴我：「小哥你的運氣很好，所以你的惡運有可能會流向周遭的人。」我不知道是不是真的跟他說的一樣，但確實發生了許多事情。

在媽媽罹癌後沒多久，爸爸因為覺得不太對勁所以也去檢查了一下，結果發現是前列腺癌。

和媽媽相比，爸爸倒是相當開朗。

我也一起去聽了爸爸的報告，不過因為「這個疾病在十年後的生存率高達九十九％」所以比較不擔心。

雖然爸爸說「絕對不要告訴辰美」，但媽媽實在太倚賴爸爸了，所以有一天我還是說了。

「媽，有件爸的事情要告訴妳。」

「嗯？什麼？」

「雖然他叫我不要告訴妳啦，其實他得了前列腺癌。妳老是跟他撒嬌，這樣真的好嗎？」

「我不要！要是你爸有個萬一！我也活不下去了！所以我要堅強！」

「怎麼在我面前跟他告白啦。」

我忍不住笑了出來。

「嗯，那妳可以多加油嗎？」

「嗯，我會加油，先前太倚賴他了。」

「不會再那樣了？」

「嗯，不會了。」

雖然我們曾經這樣談過，但還是治不好她的撒嬌病。媽媽仍然一直對爸爸撒嬌，我不禁想著，所謂夫妻，就是一種孩子無法介入的關係吧。

44 公主和三名隨從

在生病的時候，心理狀態是非常重要的。雖然有時不免示弱，但這表示當事者的信心已經嚴重受挫。在對抗疾病方面，最重要的就是病患本人的生存意志。為了讓媽媽能夠盡可能有比較強烈活下去的力量，有時候我對待她會稍微嚴厲點。

就在我照顧媽媽的心理狀態已經到了束手無策之時，有一天爸爸忽然找我過去。

「茂久，你就不要再對辰美那麼嚴厲了。」

「為什麼啊？這樣下去媽不會振作的。」

「沒關係，她的個性改不了啦。雖然不知道她能活多久，但我會寵她到最後一刻的。」

「寵她？？？」

「對啊，我會實現她所有的願望，全部。這樣不是也很好嗎？剩下的人生都過得很幸福，所以你和幸士也盡可能聽她的吩咐吧。」

讓媽媽成為幸福的公主——

在爸爸的指令下，這句話變成我們遵奉的聖旨。那天起，三個大男人就成了公主的隨從。

她想去哪裡、做什麼事情，我們都會帶她去。

她說想吃的東西，我們一定會買了送到病房。

要是她開始吐苦水，也會一整晚傾聽。

當中最寵她的部分，和她喜歡的健康食品有關。

前面有提到，媽媽超愛健康食品，在家族裡「健康食品」幾乎就是她的代稱。每次回到老家，絕對會看到桌子上擺著新的健康食品，沒有一次例外，她就是這麼愛健康食品。

總之媽媽想要的我們都給她。

她想要什麼健康食品，我們全都會買，不管那東西有多貴。

「我說茂久啊，我有好想要的健康食品，可是我很難跟你爸開口，你可以幫我跟你爸說嗎？」

一問之下才知道那個商品一個月就要三十萬元，價格實在是太高了，只好去問爸爸。

「沒關係，買！」他回答得毫不遲疑。

「我要讓那傢伙成為幸福的公主，就算得花掉我所有的財產。」

爸爸說這話是認真的。

那時我們完全不知道，三個人的行動能對媽媽有多少幫助，在對抗疾病的生活中，我們選擇的方法是否正確？這些我們都不知道。

但無論如何，此時爸爸選擇的方式，完全就是他身為經營者、身為一個男人的方式。

要這樣寫自己的家人實在惶恐，但是在這段對抗疾病日子當中，我真的覺得爸爸這個男子漢的做法實在帥氣。

45 媽媽教導我最重要的事

「茂久，你現在寫的書是要給哪些人看的啊？」

自從我寫書已經過了六個年頭，這時是夏天。

一邊準備出版工作，一邊在媽媽的病房裡看著原稿時，她開口問我。

「嗯？簡單來說就是朝頂尖邁進的人吧。比起那些理由藉口很多的人，這種人溝通起來比較簡單。」

聽我這麼說，媽媽似乎面有難色，但我還是繼續看手上書籍的企畫。那時候，媽媽忽然用比平常還要平靜又冷淡的語氣對我說話。

「你變了呢。」

「什麼？」

「雖然你一直都在我身邊，講這種話好像很奇怪，但你變了。」

「所以是什麼啦？」

我的煩躁已經達到高峰。

畢竟都是為了陪妳養病，我大部分的工作都沒進展，真的是有夠煩。自己內心確實有這種想法。

「我說啊，你打算去哪裡？是對誰寫這本書的？想讓誰打起精神？」

「什麼誰？就是想要邁向頂尖的人啊。我想寫給那些人，目標是銷售一百萬冊。」

「已經很有活力的人，會需要你那本書嗎？」

「啊？」

我完全無法理解媽媽的意思。

「你真的很努力，雖然你是我兒子，我還是覺得你很厲害。看你越來越往上爬，身為媽媽我真的很高興，不過你是不是忘了什麼重要的東西？」

「我沒忘啊，媽妳到底想講什麼？」

「你搞錯寫書這個工作了。」

「什麼啊？」

媽媽比平常還要來得情緒化。

「我是說，社長、作家或者名人之類的，這些人具備了地位、勳章或者影響力，也許這些東西你現在都有。

但是這些力量並不是讓你自我感覺良好用的，也不是用來讓你能氣燄囂張。神明給你那些力量，是要你使用，讓周遭的人感到開心。

如果忘記這件事情，稍微順心一些就開始變得囂張、藐視他人的話，神明就會毫不客氣地將那個人的地位和勳章都拿走。

雖然現在對你來說可能很不中聽，不過你就當我這是最後一次說這種話，好好記住了！」

有多久沒這樣了呢？媽媽如此生氣。

我知道她是情緒激動才那樣說，不過或許真如她所說，這是她最後一件教導我的事。

媽媽稍微停頓了一下，又冷靜下來繼續說著。

「往上爬是很好。不過一般人都會像我這樣抱怨，也會感到不安，就是沒辦法改變。然後一直在原地打轉、始終煩惱著。你剛開始寫書的時候，告訴我的是『我想透過自己的經驗，讓那些有煩惱的人稍微看到一點光明』呢。那個時候的你去了哪兒？你只想跟那些往上爬的人走在一起嗎？不想管那些煩惱的人了嗎？你在不知不覺之間，已經不了解大多數讀者的心情了。」

「不，我沒有……」

真不愧是媽，完全說中。這些話語完全正中紅心，讓我啞口無言。

之後大約一星期，我完全沒有碰任何工作，當然也沒有動手寫書。

我是為了什麼寫書的？

我是想為誰說些什麼事情？

我利用現在自己的力量，要如何才能讓別人快樂？

結論一清二楚，我要繼續為那些煩惱之人寫書。為了這個目標，我立刻取消了那個要寫給領導者看的出版計畫。

在那之後，媽媽雖然拖著病體，仍然幫忙我看稿子。還反過來鼓勵我說：「真棒，我都不覺得自己生病了呢。」非常開心地讀著我的稿子。

「畢竟我是你書的日本第一粉絲呀！希望你以後仍然會為了那些有煩惱的人寫書，所以未來我還是會這麼嚴厲對你喔，畢竟粉絲是很嚴格的。」

她總是笑著對我說這種話。

「一個人獲得的才能和勳章，並不是用來讓他虛張聲勢。要利用那份力量，讓其他人感到開心。」

留在我心中媽媽的話語當中，最深刻的便是這句話。

46 何謂指導者？

與疾病奮戰的日子已經過了九個月，老家窗戶外面，媽媽種下的那棵櫻花樹也盛開了。那時候我盡可能婉拒所有演講，但也還是有無法拒絕的。

其中一場是在二〇一六年四月三日，我在千葉幕張展覽中心的演講，聽講的有六千人，那是有史以來人數最多的一次，結束之後我馬上就踏上回中津的歸途。

回去之後告訴媽媽這件事情，她只淡淡回了：「喔，很好啊。」

我想是因為她需要思索一番。

沒多久以後，媽媽忽然問我。

「對了，幕張展覽中心的活動如何啊？」

「來了很多人，我很開心。」

「這樣啊，真是感謝。如果因此能大量培育出像你這種人的話，你就是日本第一的指導者了呢。」

雖然這只是媽媽隨口說說的話，但對我來說意義深遠。

想來媽媽所說的指導者，並非只是在好幾千人前演講，而是培育出那個真實存在的人。

媽媽說話的方式原本就與眾不同，比方說看著公司組織的金字塔圖時，她會說：**「這個金字塔應該是倒三角形才對呢。」**

對於媽媽來說，領導者或指導者並非站在頂尖之人，而是「能夠成為基礎的人」。

所以她對於事物的感動之處，總與他人不同。

大多數人都會被檯面上的人物感動，並且憧憬成為他們。

但會讓媽媽覺得感動的，總是那些養育名人的父母所說的話，或是培育出藝人的經紀人所說的話。

其中媽媽最為感動的，就是以世界最貧窮總統而聞名，烏拉圭前總統穆希卡所說的話，穆希卡總統是這麼說的。

「真正的領導者（指導者）不是那些成就許多事情之人，而是他留下了遠超過自己的人才。」

「真希望有一天能看到你成為那樣的指導者。」

「嗯，我一定會讓妳看到的。」

「好期待呀。」

但那時候，我已經感受到要能讓媽媽看到我變那樣，時間恐怕是不太夠了。

47 與枯萎的生命同行

出院後沒多久，媽媽就住在離老家路程五分鐘左右，由姑姑夫婦倆經營的「北之家」。

爸爸是九兄弟中的么子，或許是因為一起長大的時間較長，他從以前就非常仰賴排行第八的姐姐。

姐姐叫作睦代，小時候大家都叫她「阿睦」，所以我們孩提時代起也都叫她「阿睦姑姑」。

阿睦姑姑那裡總是有許多親戚出入，媽媽在她家，也會比較輕鬆。

其實媽媽的妹妹，也就是我的阿姨真由美姐姐（不知為何我從小就這樣叫她），同樣也住在北之家。

阿睦姑姑和真由美姐姐都喜歡照顧人，起居就由她們負責，而我和爸爸、弟弟、兩個媳婦和孫子也都圍繞著她，因此媽媽十分幸福。

不過這個時候，她因為疼痛而必須前往醫院治療的頻率也越來越高。我在夏季時面臨截稿日，因此生活就往來於老家寫書和前往北之家探視她之間。

到了二〇一六年五月十六日的早上，爸爸忽然提議。

「茂久，我們開個辰美的大會吧，她好像想吃幸士的拉麵。」

那時候媽媽幾乎沒辦法吃東西了，但她卻好幾次表示，無論如何都想吃幸士的拉麵。

我立刻聯絡身在福岡的幸士。

「幸士，能回來一趟嗎？」

「我知道了，我準備一下，傍晚應該能到家。」

晚上阿睦姑姑和真由美姐姐做了大家的晚餐，所有親戚齊聚一堂開起了宴會。

永松家的人本來就非常開朗，我的成長過程，經常就是在看著大人們喝酒唱歌中度過。

不知何時起，我自己已經成了那個場合的要角。

媽媽將幸士煮的拉麵全部吃完了，但那時其實她幾乎沒辦法進食，居然將整碗拉麵吃完，我實在非常驚訝。

「哎呀，好飽，真好吃！」而且她的心情非常好。

那時候媽媽由於抗癌劑的影響，頭髮全都掉光了。

每當有其他人來，媽媽總會戴上假髮，不過那天卻只有戴毛線帽。

媽媽睡著後，宴會仍繼續。

我那天一直喝著酒，直接留宿在北之家。

48 救護車

第二天中午，媽媽吐血了。而且直接引發貧血，所以叫了救護車送她去醫院。在經過醫院處置後雖然稍微穩定下來，但我總覺得恐怕道別的時刻就快要來臨。湊巧我童年的玩伴谷川誠就在那間醫院當護理師，他聽到救護車連絡傳來「永松辰美」的名字，所以當我們抵達醫院的時候，他已經在那裡等了，讓我深刻感受到有能夠信賴的朋友真是太好了。

處置結束後，我和誠到醫院的頂樓聊天。

「誠，你老實告訴我，是不是時間不多了？」

「我不是醫生，沒辦法肯定地告訴你，只是以我的經驗來說，你們最好要有心理準備。不確定是一星期或是一個月左右，這要看伯母的生存意志了。」

「……謝謝，幸好你就在這裡。」

「嗯，有什麼事情我會馬上打電話給你的。」

「拜託了。」

回到病房裡，媽媽已經穩定下來，正在和阿睦姑姑及真由美姐姐說話。

「茂久，你明明還忙著書的事情，真不好意思。」

「說這什麼話，穩定下來後一起回北之家吧。」

「嗯，說的也是。不過你這星期要去演講吧？不用擔心，你就去吧。」

雖然我盡可能減少演講的場次，也盡可能將時間安排在一起，不過那週剛好五六日分別要去名古屋、東京和埼玉的草加，連趕三場。

尤其是草加，那場是有好幾百人參加的公開大型演講活動。

雖然媽媽身體的狀況不好，但是企畫人員已經準備了一年多，想到這點，就覺得現在才去推掉也不好。

我在媽媽的病房裡寫書，直到非得出發去演講會場不可的時刻。媽媽對著拚命敲打著鍵盤的我說：

「茂久，人生真是有趣呢。」

「嗯？什麼？」

「你以前那麼討厭我去參加寺廟的聚會，也不喜歡我和人家商量事情，但現在自己要在別人面前講話呢。」

「可是我講的事情和寺廟那些教誨不一樣啊。」

「只要讓別人能變幸福，都差不多啦。而且你所做的事情，規模可比我做的大得多啦。你可能不喜歡我這樣講，但是我每次看到你演講的樣子，或是在店裡聽到年輕人找你商量事情的時候，我都覺得『哎呀，我做的事情有好好傳遞給兒子了呢』，實在萬分感謝。」

我默默聽著。

「以後你也要多多幫助那些有煩惱的人喔，這是我的願望。」

二十日當天早上，名古屋演講的時間是晚上，我只要中午出發就來得及。

我一大早就先去了醫院，媽媽相當有活力。

「今天演講的聽眾多嗎？」

「沒有，對象是養老院的工作人員，好像八十個人左右吧，是草加那邊比較多。」

「這樣啊，不過至少也有那麼多人聽你說話呢。身為你媽，我真是驕傲。」

「嗯，我也覺得很感激。」

「希望他們能覺得開心。」

「是啊，我這三天會盡全力的，那我出發囉。」

49 於埼玉草加

星期五、六的演講都順利結束，最後一天來到了埼玉。這天的演講是安排在中午，演講前我撥了通電話給爸爸。

「爸，媽的狀況如何？」

「剛剛吃過飯睡著了。昨天來會面的人好多，她可能有點累了。」

「這樣啊，我要去演講了，結束之後再打電話給你。」

草加那場演講的主辦方是美容沙龍的經營者，馬上便能明白他真的是花了一年拚命準備了這場活動，場面十分溫馨。有許多很棒的人來聆聽演講，因此盛況空前。

簽書會結束後我馬上回到飯店，打電話給爸爸。因為媽媽還在睡，所以很快便掛了電話，但沒過五分鐘，我又看到爸爸的來電訊息，但那是媽打來的。

「茂久，是我。」

「媽，妳起來啦？」

「嗯，我醒了。演講怎麼樣？大家開心嗎？」

「托妳的福，很熱鬧呢。」

「這樣啊，太好了。」

「對了，因為草加還辦了會後聚餐，所以我要明天早上才能回去了，抱歉。」

「說這什麼話，你不用擔心我啊。我狀況很好，你不用擔心，我還不會死的，你要盡全力幫助眼前的人喔。」

會後聚餐是在草加的居酒屋。

晚上七點半，和平常一樣乾杯之後，人數眾多的聚餐便開始了。有人拿著已經翻到破破爛爛我的著作來找我說話，工作人員把那些內向的參加者帶來我面前，還有特地從北海道和九州來參加的人，我被這些人包圍著，場面非常熱鬧。

酒酣耳熱之際，電話響了。是媽媽的妹妹，真由美姐姐打來的。

「茂久！姐姐她！」

「怎麼了？」

「她忽然惡化了！失去意識。」

「咦？」

我連忙離開吵雜的會場，來到寂靜的大門口。

「真由美姐，是什麼情況？」

「她呼吸困難，我實在看不下去了，醫生叫我們聯絡家人，你還沒辦法回來嗎？」

看看時鐘已經過了九點半。

我保留電話以後查了飛機和新幹線的時刻表，但看來從草加無論如何都趕不上最後一班。

糟了，無論如何我都得在今天回去才行。

電話另一端傳來媽媽的呼吸聲。
好似非常痛苦的呻吟聲。
聽過一次就無法忘記那聲音。

「辰美！」
「媽！」
「奶奶！」
那痛苦的聲音，與周遭呼喊她名字眾人的聲音重疊在一起。
但非常不可思議的是，我的耳中只聽見媽媽痛苦的聲音。
從電話大後方傳來了會場裡開心熱鬧的聲音，但那聽起來也好遙遠。

50 視訊電話

掛了電話，我回到聚餐會場內。

其實我想馬上趕回老家，不過這是粉絲們為了我而辦的活動，我不可能馬上抽身離開，也不可能對這些為我而來的人說我要離開那種話。

話說電話的那一頭，距離我有一千兩百公里之遙。

不管怎麼查，飛機和新幹線的最後一班都已經出發，根本就趕不上。

就算飛車回去也要十三個小時，這樣還不如搭早上第一班飛機過去都比較快。

那時候我的樣子，看起來一定很空虛吧。

眼前的景色，慢慢褪去了所有的色彩。

宴會好不容易結束了，接下來是續攤。

這就只剩下主辦單位的幾個人而已。

但大家還是一直問我問題，我也拚了命地回答他們。

「要為了你眼前的人盡心做事。」
因為從小她就是這麼教我的。

三更半夜，時間過了凌晨一點，這次是妻子壽美打給我的。
我立刻奔出會場接起電話。
「阿茂！媽她……」
耳中傳來的是壽美哭喊的聲音。
還聽見了阿睦姑姑與真由美姐姐呼喚媽媽的聲音。
周遭的聲音比剛才更大了。

「哥，開視訊吧。」
「好，麻煩你。」
多虧幸士幫忙，成功用了視訊通話。

周遭人們的聲音聽來比剛才更加真實。

畫面另一頭已經沒有稍早那樣紊亂的呼吸聲，而是接上了人工呼吸器，感覺非常寧靜的媽媽。

嗶……嗶……嗶……還有生命維持器那冰冷的聲響。

雖然曾在電視上看過這種景象，但還是第一次自己親身體會。

「辰美，加油啊，妳要等茂久回來呀。」

阿睦姑姑大聲喊著媽媽。

「媽，哥早上就會回來了，妳再多等等他。」

幸士靜靜地向媽媽說著。

我躺了下來，把頭靠在續攤場地外停車場的車輪擋上，對著手機螢幕說話。

「爸在嗎？」

畫面上是媽媽，而我呼喚著應該在畫面那一頭的爸爸。

「在。我在這裡。」

「爸，夠了，媽真的很努力了。沒關係，用呼吸器太可憐，現在我用視訊看著，所以沒關係的。」

「……這樣真的好嗎？」

「嗯，沒關係。媽媽一定過得很快樂，她真的很努力了，再會了。」

因為我這番話，爸爸大概向醫師說了些什麼，沒多久之後媽媽身上的人工呼吸器就被拿下來了。

嗶——

剛剛那間隔的短音，瞬間成了長音。

「辰美！」

「媽！」

「奶奶！」

電話那一頭，各式各樣的哭泣聲混在一起。

在那麼小的病房裡面，聚集了大概五十位親人，我想音量一定非常大吧。

那時候我頭後方的車輪擋那種鐵條的冰冷觸感，以及正好浮現在手機螢幕後頭的月亮，想必我一輩子都不會忘記。

二〇一六年五月二十三日 凌晨一點二十二分，享年六十五歲。

我最重要的人，就這樣走了。

51 在機場

媽媽走了。

但那時候我自己也覺得很奇妙，竟然沒有流淚，或許是因為沒有真實感吧。

媽媽離開的瞬間，當時總是與我同行的工作人員青木一弘，就在離停車場略有距離的地方看著我的情況，之後他便開始打起了電話。

因為會場裡相當熱鬧，所以一弘向主辦人說明這件事情，請他不要告訴別人，並協助處理後續事宜，而我便回到了飯店拿行李，直接搭計程車前往機場。

幸運的是從東京到北九州機場的飛機，是最早出發的。

但我到機場時是半夜三點半，機場當然是還沒開。

我呆坐在機場的計程車候車處，等待早晨來臨。

天色漸明，羽田的景色也逐漸亮了起來。

正當我在地上坐到快要打瞌睡時，收到一封幸士傳來的電子郵件，是張照片。

照片是車子後座，媽媽靠在爸爸身上熟睡。

幸士寫著：「爸說要自己帶她回家。他們兩個的感情也太好了吧（笑）」

據說依照慣例，會由醫院處置後，再以專車運送，但爸爸就是不肯。

「她還沒死，我不會讓人碰她。」

結果他自己抱著媽媽出了醫院。

真是史無前例的做法。

被爸爸打橫抱起的媽媽，還有抱著媽媽走向外頭爸爸的背影。

想到這個情景，先前未曾感受到的真實感忽然湧上心頭，我這才放聲大哭。

幸好身旁沒有任何人。

52 辰美感謝大會

二〇一六年五月二十四日。

媽媽的守靈之夜，全國各地湧來了超過八百多人。大多數人都要待到第二天出殯，因此中津的飯店幾乎全都客滿了。我一直都覺得好神奇，這聯絡網到底是怎麼拓展的呢？

守靈後的宴席上，中心是我、爸爸、幸士以及媽媽的長孫，也就是她最疼愛剛升國三的長男亨太郎。

媽媽原本就喜歡熱鬧的宴會。

並不是她自己喜歡吵鬧，她只是喜歡看著那些吵鬧的男人們，然後拍手叫好。

所以我和幸士，從小就是爸媽公定在宴會中負責吵熱氣氛的人。

非常幸運的是有很多人願意留下來守夜，因此宴會廳的房間全都客滿了。因為是和式房間，所以大家盤腿開起了宴會。

「我們要讓來的人都開開心心的。」

我們永松家的男人們，非常了解媽媽想看見什麼。

一開始是將媽媽的棺木放在祭壇前，大家坐在一起，宴會便開始了。

但主角畢竟是媽媽。

我們後來便將媽媽移到大家的中間，大鬧特鬧。

那幾天拍的影片都留了下來，現在回頭看看那些影片，還真是誇張。

但我們並不是在胡鬧。這是我們思考著「怎麼做才能讓媽媽開心」得到的結果，所以才這樣開宴會。

「KIZUNA出版社」除了專務岡村小姐之外，當時的社長櫻井秀勳老師也來了。

櫻井老師都已經八十五高齡，卻還陪我們一起守夜。

「阿茂啊，是九州有這樣的習俗，把棺木放在中間讓大家一起鬧嗎？」

「不，這是永松家的做法，我不曉得別人家是怎麼做的。」

「這樣啊，我還真是第一次看到。不過這很像是你媽媽會選擇的方式呢。」

櫻井老師到現在還會提「那次守靈真是太驚人了」。

宴會結束的時候，已經是半夜四點。

爸爸、我、幸士和亨太郎在宴會結束後，就在那大廳的正中央，靠在媽媽的棺旁對媽媽說話，這真的是最後一晚了。

「辰美啊，妳實在是個美人呢。」

「爸，你不要一直亂摸啦，這樣妝會掉。對吧，媽？」

「這是我奶奶，最後摸她的會是我啦。」

大家就吵鬧說著這些話，在那裡迎接早晨到來。

第二天，五月二十五日，葬禮從中午開始。

全國各地來了超過一千兩百人，在大分中津這種鄉下地方，一個歐巴桑的葬禮居然來了這麼多人，簡直就是大事件。就連和尚都重複念了好幾次經，回頭確認一下人數，喪禮拖得非常久，但我們其實希望那隊伍永遠沒有盡頭。

好長好長的點香致意結束後，要由爸爸代表發言。

媽媽在死去的前一天，曾對爸爸這麼說。

「老爸啊，真的很謝謝你，結婚四十二年來我真的很幸福。在我和疾病奮鬥的期間，你們三個人一直都讓我這麼任性，我真的好開心。」

「妳還不會死，沒問題的。」

當時我外出演講未歸，而媽媽說這些話的時候或許已經有所覺悟了。沒有直接對著遠離他方的我說這些話，或許是媽媽的溫柔。現在已經不能確定是否如此，但我總覺得一定是這樣。

棺木裡有大量的花朵圍繞著媽媽。阿睦姑姑對著媽媽說：「辰美呀，得到這麼多重要的東西，真是太好了。」

有位和我同齡的女性說：「我也覺得，真希望能夠像辰美媽媽這樣，成為被兒子們保護的公主。」

後來才有人告訴我，在棺木闔上之前，我好像喊叫了些什麼，但我自己實在不記得。

我唯一記得的，是弟弟家最小、那還不滿一歲的孩子「讓」，在棺木闔上的瞬間放聲大哭。

如同長男亨太郎所說的，他是最後一個撫摸媽媽的人，之後便蓋上了棺材，媽媽也化成灰。

喪禮所有工作結束之後，我們為了招待從全國各地前來的親朋好友們，齊聚在向陽之家，約一百五十人開了最後的道別會。

自媽媽過世的那天算起，感覺好長好長的三天結束了。

從那天起，我的世界便再也沒有了色彩。

53 我最羨慕的人們

有許多人失去母親。

我的腦海裡，也一直明白這天始終會到來。

從媽媽被醫師宣告罹病的那天起，這十一個月來我一直有所覺悟。盡可能和她在一起、也說了許多話，所以並不後悔，我本來是這麼想的。

但我沒想到自己會受到那麼重大的打擊。

在媽媽死後到第一次中元節這三個月之間，爸爸、我和幸士三個大男人完全是廢物的狀態。

我打從心底感謝那時候支持著我們的妻子、阿睦姑姑、真由美姐姐等人。

那段時期我記得的事，只有三件。

第一件是一位來參加媽媽喪禮的晚輩，他有一本書在全國巡迴銷售，而我去參加了他的終點站活動。

第二件是岡山的朋友創辦公司的宴會。

第三件是在媽媽過世前完成的那本《成功的條件》（KIZUNA出版）出書了，在東京和大阪舉辦活動。

其他我都不記得了。

會對這些事情印象特別深刻，是因為前兩項活動，兩位主角的媽媽都有參加。

我在北之家寫好《成功的條件》時，一印好就先交給媽媽，不過那時候媽媽雖然說「你很努力呢」卻還沒讀稿子。

兩個活動我應該都有和他們的媽媽聊了些什麼。

這個世界上有許多成功者。

但無論是那時還是現在，我下意識只想著「好羨慕媽媽還好好活在世上的人」。

在這種狀態下度過了將近三個月，開始準備媽媽過世後的第一個中元節，我們先前一直沒有整理遺物，這時候為了要跨出下一步，而開始整理老家。

就在過第一個中元節的前兩天，發現了改變我命運的遺物。

54 筆記本

我負責整理的是媽媽最喜愛的佛堂。

整理佛壇和媽媽的佛具，正在把稍早送到的花拿出來裝飾，爸爸咚咚咚地走了進來。

總覺得氣氛上他似乎不大高興，但我並不想理會，仍然專心整理。

「喂！」

「幹嘛？怎麼好像心情很差。」

「沒那回事，這給你。」

他不耐煩地交給我一本筆記本。

那筆記本，是媽媽生前寫了些要給我的東西。

筆記本一直到中間的頁數都寫得滿滿的，但後面就空白了。

「哇！媽寫了這種東西給我。我待會好好地來讀一讀。爸你的呢？」

「沒有我的！為什麼只有給你啊？」

他一邊碎碎唸，又回到了自己負責整理的客廳去。

爸爸在媽媽過世後，或許是一直緊繃的神經終於斷線，因此變得有些任性。守靈的前一天晚上，媽媽躺在佛堂的那晚，他也對睡在媽媽身旁的我和幸士發火，我記得守靈前的情況實在不怎麼好。

這樣一想，不禁覺得爸媽這對夫婦，有連我這個親生兒子都不得不感動的哲學部分，但也有那種相當矛盾、絲毫不講理的情況，當然這也可以解釋成非常人性化啦。

如果我開始讀起那筆記本，大概就沒辦法工作了，所以我還是先把整理工作做完後，才好好地在佛壇前翻閱那本筆記本。

上面寫著：

「七月〇日　茂久的指導　實現夢想的話語」

「八月〇〇日　和茂久說感謝與品德的話題」

「職務與勳章是為了讓別人快樂而存在的」

等等，區分了各種項目。

而最後一頁，是在第二次抗癌劑治療，她又要回到醫院前一天寫的，為我開啟了通往未來的大門。

茂久：

　謝謝你選擇我當媽媽，來到這個世界上。

　雖然你小時候身體好虛弱。

所以真的非常感謝你，成為一個如此會忍耐的孩子。
你給了我好多支持。
你溫柔又值得依靠，
但你的內心應該也有很多苦楚，
正因為雖然痛苦卻還是跨越了，才有現在的你。

小的時候媽媽我很嚴格，還把你送去了少林寺。
我看見你走在田埂當中那小小的背影，
總覺得有些對不起你。
謝謝你至今為止帶給我那麼多快樂！
你沒有放棄自己的夢想，一路走到這裡，我們也都很開心喔。
就像這次如此痛苦的時期。
你卻好好地支持著爸媽，真的非常感謝你。你都不知道自己幫了我們多少。現在你還在半路上，每次我覺得消沉的時候，你好像總會察覺而打電話給我，真是不可思議。

要是沒有你，我絕對無法維持現在的狀態。
茂久對我說：「沒問題的！」
最能夠安慰我、讓我打起精神了。
謝謝你。

你能夠體會爸爸的用心，也是非常厲害。
你絕對會成為日本第一的指導者。
媽媽因此感到非常有活力！
謝謝你！謝謝你是我的兒子。

For you.
之後是我要面對的。
謝謝你給了我如此多的活力。

你書的日本第一粉絲　辰美筆

55 誓言

八月十二日晚上，已經準備好媽媽首次過中元節的物品，我和爸爸、幸士以及妻子壽美四個人在老家。

這是因為我想將昨天那封信，讓我下定決心的事情告訴大家。

「茂久，你要說什麼？」

「哥，怎麼啦？」

「一定又要語不驚人死不休了，都嫁給你這麼久了，我也早就做好心理準備，什麼事情啊？」

我請大家先看完昨天那本筆記本。

三個人都默默地讀完了。

「我要說的是，我決定去東京。」

三個人不怎麼驚訝，反而顯得有些呆滯。

爸爸開了口。

「喔，然後呢？」

「我要在出版業成為日本第一，為此一定得去東京才行。畢竟出版社都在東京，所以我要過去那邊。」

「這樣啊，幸士也已經獨立了，向陽之家的工作人員也都有一定的程度，所以應該沒問題，壽美妳呢？」

對於爸爸的問話，壽美冷靜的回答。

「沒關係啊，你去吧。」

「壽美，妳還真不在乎耶。」

「早就習慣你不在家啦。反正你不管在福岡還是在東京都是很遠，而且你當初回中津的時候不就說了『我要在東京鐵塔之下工作』嗎？時間也差不多了吧，我最愛媽了，所以沒問題的，你就去吧。」

「嗯，哥，向陽之家沒問題的，大家都很行。」

大概就是這樣，非常乾脆地就決定了我要去東京這件事。

現在想想，我真的非常感謝身處在這樣的環境。

「茂久，出版界的日本第一可沒那麼簡單喔。」

「我知道。」

「不過你要是成為日本第一，辰美就變成『生下日本第一的媽媽』了呢。」

我倒是沒想到這點，不過仔細思考，確實如此。

或許是因為爸爸這番話，也成為我的動機，原先只是為了自己而決定的事情，忽然變得相當感動，全身起了雞皮疙瘩。

好一陣的沉默之後，爸爸再次開口。

「茂久，你去東京成為日本第一吧。」

也不知道是在哭什麼，總之我在三人面前哭得像個孩子。

明明還沒實現呢。

但那真的是非常奇妙的感覺。

準備好第二天中元節的事宜，在大家都睡著之後，我坐在媽媽的佛壇前寫信。

前略，給媽媽。

「希望有一天能看到你成為日本第一指導者。」

為了實現妳這個夢想，
我會在出版業中成為日本第一。
然後讓妳成為日本第一的媽媽。

二〇一六年八月十二日
茂久　敬上

第五章

我一定會讓你成為日本第一的媽媽

56 專心一致邁向最古老的資訊產業「出版」

前往東京的時候，我決定了一件事情，就是「三年內只做這件工作」。

先前我的事業大致上有三種，分別是經營餐飲店、演講以及出版。

餐飲店已經可以說是一個集團的規模，也因此得到了許多演講的機會，但我決定要專注於出版這一行。

理由非常簡單。

因為這是我最喜歡的一項，如果為了寫書，我甚至可以廢寢忘食。

對我來說，其他兩項事業雖然都還挺順利的，但我無法埋頭苦幹做那些工作。

另外還有一個理由。

我們向陽之家除了以福岡大名為中心推展餐飲業以外，還有著手另一項事業，就是出版工作室。

原先的工作人員當中有人具備設計和出版經驗，因此我書的企畫和封面製作就不需要外包，而是由內部人員製作即可，所以這個出版的企畫製作工作室也順勢而生。

在福岡的時候，就已經與其他作者合作企畫製作超過三十本書，這個工作也因為口耳相傳而有不錯的發展，所以我決定要專注於出版業。

就算有人邀請我去演講，我也盡可能地減少場次。

問題在於餐飲店。不能因為我去了東京，就輕易地閉店，畢竟有許多人在那裡工作。因此我決定和各店長商量，看是要在三年內獨立營業，或者把現在的店面轉讓出去等，簡單來說就是要大家自行營業。

不過原先位於中津和福岡的本店向陽之家，由於店鋪面積相當大，又是我自己創業時設立的店面，因此事前決定好要在二〇一八年關閉中津，二〇二〇年結束福岡店的營業。

雖然這樣講好像有點耍帥，不過我覺得向陽之家是我重要的回憶，自己決定休業以後等於在心中畫下句點，也因此能夠好好地踏出下一步。

和我一起打拚了二十年的工作人員們，也都贊同我的想法。

到了二〇二一年，雖然受Covid-19疫情的影響，但在他們努力之下，分支出去的店家仍然持續增加，想想當時我的選擇果然是正確的。

57 書，百分之百是為了讀者而存在

二〇二一年，我正式執筆寫作已經十年。

雖然這是理所當然的，不過剛開始寫書的時候，出版社和書店都不知道我是誰。每當我去書店，平臺上總是堆放著當時暢銷作家的系列作品。只有日本頂尖的那幾位作者，才會有整面牆都是他們的著作，我每次看到都覺得好羨慕。

「要怎麼樣才能達到這種程度呢？」

我剛開始寫書的時候，最感興趣的便是這個問題的答案。

思考這件事情，持續調查出版架構以後，得到的結論是這樣的。

「撰寫能夠讓讀者感到快樂的作品。」

正是如此。現在成為我出版事業主軸的中心理念，也是因媽媽這句話而生。

我正式開始寫作是在二〇一〇年，當時我是個三十來歲、生意做得還不錯的老闆，完全以自我為中心。

我想寫自己做過的事情，有堆積如山的事情想告訴大家，但是編輯卻是這樣說的。

「最重要的並不是永松先生你『想寫的東西』，而是『讀者想讀的東西』。還請澈底站在讀者的立場撰寫文章。」

正是如此。

現在回想，我原先只是個賣章魚燒的，竟然有人願意給我寫書的機會，實在是相當不可思議。但我當時並沒有這樣感恩的心情，只覺得自己相當驕傲。

有一次因為我和編輯的意見不合，而自己在店裡對著電腦糾結的時候，媽媽翩然來到。

「怎麼啦？寫不出來？」

或許是因為我一臉不悅，媽媽開口向我搭話，我便老實地說出了自己的想法。

「這樣啊，說的也是，我能理解你的心情。」

「……嗯。對方不認同我想寫的東西，總覺得這樣很煩。」

「那是正常的情緒，任誰都會有的。不過呢，你現在要做的，應該是放下自我、聽從編輯所說的話吧？這樣的話才能夠拓展出版的道路不是嗎？」

這種時候，媽媽說的話不知為何總是很有哲學風格，或許因為她是出家人吧。

「我是個門外漢，所以不是非常清楚，不過我認為書這種東西，百分之百是為了讀者而存在的。這樣一想的話，現在你的立場所應該要做的事情，並不是你想寫的東西，而是盡全力找出讀者想要讀的東西吧？」

媽媽繼續說下去。

「這件事情，我認為也不是只有書才是這樣。夢工房的商品也是這樣的。如果我完全只有進那些我想要賣的東西，就只會不斷面臨失敗而已。不過我想著，商品是百分之百為了客人而存在的，之後就變得很輕鬆了。沒問題啦，你能做到的。只要一心想著要讓讀者感到開心，應該就能夠找到自己寫作的方式了。」

書籍（商品）百分之百是為了讀者而存在——

自此至今，這句話都是我十年寫作生涯當中最重要的軸心，這句話讓我心中不再迷惘。

將自己一步一腳印學習到的東西，魅力十足地告訴他人。

或許是這個做法奏效，我寫的書賣了五萬本、十萬本，最後出版終於成了我的核心事業。

58 讓出版發射基地充滿活力

還有另一點，就是我不再追求讓人把我的書擺在架上了，因為那只是專注在「讓投資者獲利」。

雖然大家並不太清楚這件事情，不過商業出版本身就是一種投資產業。如果作家是創業者，那麼投資者就是由製作到經營書店一手包辦的出版社。只要出版社不覺得「這個作家的書會大賣」，就不會出版，當然書店也不可能幫忙大做廣告。

那麼出版社感到最開心的是什麼呢？

逢年過節？不是。

阿諛奉承？也不對。

答案就是「打造出為讀者所喜愛書籍的作者」。

對於讀者來說，這件事情可能不是很熟悉。

出版社的人，其實是全國最愛書的那些人，他們一年到頭都想著如何讓讀者感到開心。

而且日本的出版社，將近九成都在東京二十三區內，足見出版是東京的在地產業。

因此我的東京生活，就是每天和出版社的編輯以及業務聚會。

一般來說，作者通常會和別的作者往來，不過我的交友範圍都是出版社。

雖然這聽起來很奇怪，不過在那種場合上，大家幾乎都不會聊企畫一本書的事情。

或許是因為我自己也是出版社業務出身吧，見面的除了編輯以外，還有很多業務人員，所以談話內容九十九％都是今後出版界的未來。

最近這種聚會，出席的還有出版社的社長、針對出版人經營的報社社長、書店的相關人員，許多作者也會前來參加，所以總是熱熱鬧鬧的。因為這樣的聚會，四年內催生了許多作者。

在東京與出版社的人一起交流，讓我更深刻感受到「在東京之外絕對無法實現的近距離往來溝通，實在非常重要」。

59　一萬五千分之一

暢銷書籍會依時代的流轉而有所變化。

如果是寫了那種很大眾化而大賣的作品，內容有些部分會逐漸過時，而且新鮮感還會隨著時代變化而加速汰換。

在這個時代，一年前大賣的書，晚了一年就不一定能賣得那麼好。

無法捕捉到時代必要性、大眾想看的書，將不見天日而被堆在倉庫裡。

最後等待著這些書的可怕命運，就是用名為「裁紙機」的巨大碎紙機將它們全部打回紙張原形，再生使用。

我很尊敬的出版社社長曾說過一句話：

「暢銷作品建立在許多東西的殘骸上。」

確實就是如此。

來到東京，正式將精力放在出版上，立場上要催生各類書籍的企畫，當中也包含了與人相關的書籍在內，使我更加確實體會到這點。

二〇一九年一月，我看到了某雜誌的年初特輯是：「今年新書預定發行的數量」。

我所撰寫的書籍類型，在文中是這樣寫著：

「二〇一九年的商務實用類，預定會有一萬五千本新書發行」。

看到這篇文章，說老實話我簡直要暈倒了。

我和媽媽約定「要成為日本第一的作者」。

也就是說我要在這個領域中，拿到那一萬五千分之一。

我試著想像一萬五千人並列成一排跑百米，無論如何都無法想像自己是第一名衝過終點的樣貌。

而且那時雖然有減少演講場次，不過偶爾還是會有相關的活動，在演講最後二十分鐘，我總是會提到與媽媽的約定。

「我一定會在出版業中，成為日本第一。」

這樣算起來，應該也有幾萬人聽過我說這件事情了，現在根本不可能放棄抽身。

而且在演講會後的聚餐上，總是會有年輕人這樣跟我說：

「永松哥成為日本第一之後，我們就來開派對吧！請讓我們看見你實現夢想的樣子！」

他們的眼睛閃閃發光，我實在無法背叛他們。說老實話，我不禁後悔自己幹嘛要翻開那本雜誌。

而那時候，我接到了一通電話。

60 朋友帶來的機會

「永松哥，好久不見啊！我要轉職了，打個電話跟你說一聲。」

轉職這種人生重大事項，在他嘴裡講得好像很輕鬆，這個人叫做原口大輔。

我曾經嚴肅地對他的轉職提供建議，不過大輔大概有自己的想法，還是有著他開朗的調性。

他原先是在剛成立沒多久的「KIZUNA出版社」一個人負責業務工作，說起來就像是我的小弟。

在「KIZUNA出版社」剛成立的二〇一三年，第一個幫我實現願望，讓我的書排滿書店整面牆的，不是別人，正是這位大輔。

他在其他公司打轉過後，現在去了名為「SUBARU舍」的老牌出版社當業務，所以打電話向我報告這件事情。

「哎呀，大輔，最近好嗎？」

「托您的福，過得很好，順便還有個企畫想要拜託您。」

兩天後，我和大輔在麻布的燒烤店裡面對面。

大輔帶了「ＳＵＢＡＲＵ舍」的總編輯上江洲先生過來，他是非常沉默寡言的人，和我弟弟同年。

「永松哥拜託你，請你寫一本有關說話方式的書籍。」

「大輔你等等，這不是跟之前說的一樣嗎？」

其實大輔從五、六年前就一直跟我提這件事情。

每次見面都是這樣。

「說話方式、說話方式、說話方式……」

簡直跟咒語沒兩樣。

幸好大輔只是業務，基本上來說企畫的決定權還是在編輯手上，因此我能夠一直推辭大輔的提議。

不過因為他實在太常提，所以在我心底深處，其實也一直留著這個企畫的概念。

上江洲先生是讓我非常有好感的總編，他雖然話不多，卻能讓人感受到他對出版的熱情。上江洲先生、大輔和我便在一個月內開了好幾次企畫會議。或許是大輔早就已經先提過這件事情，那天寡言的上江洲先生是直接說出結論的。

「永松先生，如今不知道如何開口說話的人越來越多了。雖然這個主題您可能不是很熟悉，但還是希望您是否能夠寫一本關於說話方式的書呢？」

就連平常一臉嬉鬧的大輔，也在一旁一臉認真地低頭拜託我。

「大輔，我可以問問嗎？為什麼是說話方式？」

「因為我想看！」

聽見他的回答，我忍不住笑了出來，但大輔毫不在意地繼續說著。

「我本來就是個不太會說話的人，這六年來我一直都希望自己能夠擁有永松哥這樣的溝通能力。能和大家培養好感情，演講也可以很自然地讓許多人豎耳傾聽，還請您傳授我這件事情的技巧。」

61 新標準：是否讓別人快樂

說老實話，說話方式和溝通在我的心中，並非我擅長的領域。

我先前寫的書，大多比較像是給男性看的生存法則。

我雖看過談說話方式的相關書籍，但完全沒有仔細讀過。

就算叫我寫，我也不知道該寫些什麼，這是我先前拒絕的理由之一。

所以我提出一個期望。

當時上江洲先生手頭上有很多企畫進行著。

但畢竟以公司對公司的身分往來，第一次被邀稿的作者不免感到不安。

因此我要求增加一個人，就是我到東京後一直協助我編輯工作的越智先生，他也曾在「ＰＨＰ研究所」工作過，現在是自由編輯，就由我們四人小組，以我公司的出版團隊來推動這個企畫，在這樣的條件下，展開了主題為「說話方式」的書籍製作。

首先提出幾個條目，我試著撰寫一些內容。

通常應該是要邊閱讀參考書籍來撰寫的，但我刻意先不去看那些東西，就直接動筆。因為我覺得自己讀了，就很容易抄襲寫下別人的東西。

說話方式這樣的主題，讓人感到困惑的是什麼事情？應該要如何解決那個問題？

這種時候得要做些調查，但我調查的對象只有公司的工作人員，還有實習生。但這些成員原本就比其他人來得容易與他人親近，並不會對於溝通感到困擾。所以我根本不知道會有哪些問題。

別無他法，我只好試著自己先動筆，寫出來的完全就是一份充滿冷門知識的奇怪稿子。

初稿的企畫會議。

上江洲先生、大輔、越智先生，還有事務所的助理美智子小姐，五個人一起看稿子。

大家都一語不發，最後還是越智先生先開口。

「呃，永松先生。」

「是。」

「我可以老實說嗎？」

「請不用客氣。」

一陣沉默之後，越智先生一臉抱歉地開口。

「唔，這份稿子，還有頗大的改良空間……」

「你可以說得清楚點，畢竟我們是夥伴。」

「好，我明白了。這份稿子並不有趣。這樣的話，我認為讀者看完後並不會感到開心。」

果不其然，我也是這麼想的，我自己讀起來也不覺得有趣。

大家都沉默著。我們就像是出海以後，猛然撞上了暗礁而擱淺的船員。

「該怎麼辦好呢？」

聽我這麼說，上江洲先生、大輔、越智先生都盯著我瞧，其實我也明白他們要說什麼。

「我知道了，全部重寫。」

實在是太慘了。

62 說話重視的是心靈而非技巧

做書的時候，最辛苦的其實並不是提筆寫作。

「要寫給誰看？如何解決問題？」

決定這個主軸的企畫部分，才是最辛苦的。

相反地，要是過於疏忽這個部分，之後寫作就會落入不斷重寫的命運。所以我在寫書的時候，一定會先看清楚這部分的骨架，之後才開始動筆。

不過那時我明明不熟「說話方式」這個主題，卻還是選擇了「總之先寫寫看吧」這個做法，完全無視先前的理論，結果就是得要重寫。

不過一直唉聲嘆氣也不是辦法，我們從頭展開企畫會議。此時打破僵局的，正是總編上江洲先生。

「永松先生，話說方式中，你最想告訴大家的事情是什麼？」

那時候我說了許多自己想到的事情，上江洲先生一邊聽我說，一邊是想要從中挑選重點。因為我自己沒辦法理清頭緒，所以上江洲先生又問了我一個問題。

「永松先生有沒有在談話的時候，遇到困難的經驗？」

回頭想想，確實有一個。那並非日常對話，而是在演講的時候。

我當年還不習慣演講的時候，總是對於場上有低著頭的聽眾感到相當煩惱，還曾經因此討厭演講。

相反地只要有個人一直點頭，我的心情就能夠穩定，平心靜氣地說下去。在演講會場中，那個人看起來簡直就像是神明。

若是聽眾當中有好幾位神明，那麼我的表現也會大大提升，透過這個經驗，我發現了一件事情。

「說話重視的是心靈，而非技巧。」

當我說出這句話的瞬間，上江洲先生立刻像是個捕到躍出海面大魚的漁夫般接口。

「永松先生，就用這個當主題吧！」

63 獻給媽媽的第一本書中包含的三要素

「說話方式」的主軸是心靈和精神層面，那我就寫得出來了，我是這麼想的。

提到說話方式，大家都會想到可能是職場、商場上的業務、領導者，或者是像我們這樣站上舞臺說話的人會讀的，但這本書卻抽掉了這類的商務需要的要素。

「要寫給誰？讀者看了以後會有何變化？」

這是寫商業書籍時最重要的骨架。

拿掉商務溝通這個選項，會有說話煩惱的，通常都是女性，而且是媽媽。

「家庭主婦從百貨公司回家的路上順便逛逛書店，就會忍不住拿這本書去結帳。」

「周末帶著孩子去郊區大型超市的媽媽會想讀的書。」

我覺得就是這個方向了。

而主要決定要傳達給讀者的事情有三點。

第一點：「重點不放在說話流利，而是磨練聆聽的技巧。」

第二點：「不需要刻意和那些你所不擅長應付或討厭的人溝通。」

第三點：「說話時想著對於對方的愛，就是最棒的說話方式。」

或許這違反了一般說話術書籍的理論。

但目的是讓讀者的心情較為輕鬆，也能夠稍微減輕對於與他人溝通的心理障礙。本來我就不是教說話的老師，所以沒有什麼了不起相關的知識理論基礎。

這時候媽媽的話，在我腦中一閃而過：「成為讓別人快樂的人吧。」

這樣的話，我只需要專注在怎樣讓讀者變開心。

就做這樣的一本書，內容是最簡單、馬上就能做到的事情，我原先是這麼想的。

一般在寫書以前，我習慣將讀者縮減到剩下一個人，並且把那個人的照片放在書桌前寫作。

但因為周遭並沒有完全符合條件的對象，我只好把說自己不擅長說話的原口大輔的照片放在眼前了。如果覺得「這部分對大輔來說太難了」，那麼不管我對這方法多有自信，都會刪掉。

依照這個輪廓開始寫作、編輯，我的第十九部作品《共感對話》就此誕生，於二〇一九年九月出版發行。

64 運氣是存在的

書本誕生後，作者和編輯的工作就完成了九成。

接下來就是業務行銷的工作了。

我先前也有做過出版社的業務，所以明白書能否大賣，要看業務有多麼努力向書店推薦這本書。

每間書店的大小都不一樣，在哪裡放多少書，都會影響業績。

這和章魚燒店經營的道理相同。無論那個商品有多好，要是店家沒有位於能夠引導客人目光停下來的地方，那麼銷售額就會銳減。也就是說，放在書店書架上的位置，會改變銷售額。而這件事情的核心，就在於出版社的業務能力。

「我絕對會讓書大賣。」

說出這話的大輔，他的業務能力可不能小覷，這是和他相識六年的我，再明白不過的事情。在書本發售的一個月前，大輔就奔走日本全國書店，我幾乎見不到他一面。

我曾參與過許多書籍的誕生，包含自己這本書在內的二十四本，加上其他人的書共一百本以上，所以我非常明白一件事情。

那就是：

「有些書，天生就有神奇的運氣。」

雖然我前作曾擁有過十萬冊、二十萬冊的銷售成績，但這本書在剛開始銷售時，就有些神奇。

《共感對話》一開始，在全國書店慢慢銷售著。

在日本具有指標性的書店之一，大阪梅田的紀伊國屋書店第一週就拿到第一名。這件事情正好被電視臺晨間節目的書籍排行榜資訊報導，所以小紅了一下。

這個銷售的運氣一直延續到年底，還沒半年竟然就已經賣了十萬冊。

當然，這個結果也是「SUBARU舍」的業務辛勤換來的。

不過事情並沒有如此順利。

二〇二〇年三月，Covid-19疫情造成大家恐慌，四月就發布緊急事態宣言。《共感對話》好不容易才談到JR東日本的電車廣告，但根本就沒什麼人搭車，廣告變得毫無意義。

「氣勢中斷了，好不容易才站上浪頭的，但是現在車站裡的書店根本也沒開啊，實在沒辦法。」

長年的經驗我知道，這種情況下銷售的打擊必然很大。

上江洲先生和大輔那時候也不太和我聯絡。

但後來非常不可思議，突然上江洲先生三不五時就告訴我說，要再版了。仔細詢問才知道，發布緊急事態宣言以後，大家都因為遠端工作，反而有許多人需要重新看待和人溝通的問題。

確實遠端工作，其實比疫情前更需要溝通能力，因此《共感對話》反而搭上了風潮。

實際看銷售成績便發現，確實車站附近書店的銷售量下降了，但是郊區書店的數字卻有突破性成長，沒想到「郊區書店」這個關鍵字竟也發揮功效。

以大輔為首的「SUBARU舍業務軍團」的熱情策略奏效，《共感對話》逐漸賣出二十萬冊、三十萬冊。

65《共感對話》的奇蹟

二〇二〇年十二月一日。

在受到Covid-19疫情影響的這一年年底，一早我便接到一通電話，是上江洲先生打來的。

「永松先生，早安！」

「呼啊，上江洲先生，早安。您一早精神真好。」

我是個夜行性動物，半夢半醒間接起電話，平常相當冷靜的上江洲先生，不知為何聲音聽來有些興奮。

「永松先生，恭喜你！」

「嗯？怎麼啦？」

「剛才日販那邊聯絡我……」

「……喔」

「《共感對話》成為日本第一了！」

「？？？」

畢竟當時我還在半夢半醒間，一時實在不清楚上江洲先生到底在說什麼。

其實每年到了這時候，日本最大的書店中盤商日販就會發表年度銷售榜。區分為漫畫、文藝、商務、實用等類型，發表當年度銷售量最高的書籍。這通電話是要告訴我，《共感對話》成為二〇二〇年度商務書類型排行榜的第一名。

上江洲先生還告訴我另外一個好消息。

擁有近九百間店，店鋪數第一的集團「蔦屋書店」，在他們的二〇二〇年度綜合總榜（包含小說、實用、商務等等所有的類型）上，我也成了第一名。

「和社長一起喝個酒吧！您今天晚上方便到池袋一趟嗎？」

聽見這個消息，我呆滯了好一會兒。

我從床上爬起來，照每天慣例去幫媽媽靈前換水，坐在她的遺照前。

「媽，我成為日本第一了。」

話就這樣脫口而出。

那時候在我心裡並不是「太棒啦！」，而是非常平靜「太感謝了」的感受，有種終於從先前毫無憑據一直說「要成為日本第一」的壓力下解放的感覺。

我並不清楚什麼性靈之事。

但我到現在都還是認為，這個奇蹟是媽媽在背後推了一把。

同時我也確信，這是因為有那些我眼所能見的周遭之人的支持，還有那些我未曾會面的書店工作人員，以及幫我推廣書籍的讀者們，那些我眼所不能見的「托福神」的力量。

還有一件事情。

「辛苦啦，你拿到日本第一的稱號了呢，接下來你要怎麼使用這個勳章？」

如果媽媽還活著，絕對會這樣說的，因此我把這句話銘記在心，開始思考接下來應該要如何讓別人快樂。

那天晚上我和出版社的人以及我公司的企畫成員，一起在池袋一間韓風小酒吧「NAGOMI」舉杯慶祝（當然是盡可能做好防疫措施）。

出版社和我公司的人有個共通點，就是大家都是酒豪。

包含出版社的德留社長在內，那天大家都喝得比平常還醉。

但非常不可思議的是，我自己不管喝了多少都沒有醉意。

那實在是個心情非常好的夜晚。

同時從那天起，我的世界也恢復了色彩。

最終章

成為讓別人快樂的人

66 讓別人快樂是不變的主題

成為讓別人快樂的人。

雖然還沒能完全辦到，不過靠著媽媽這句人生指南，一路打造出自己的未來。

仔細想想，這句話應該是人生一切的準則吧。

人類有三個重大的心理狀態。

第一，每個人都認為自己是最重要的。

第二，大家都希望別人重視自己、認同自己。

第三，每個人都喜歡理解、重視自己的人。

商業關係上如此，朋友關係也是這樣。

人類會聚集在能夠讓自己感到幸福的人之中。

這是理所當然的，畢竟所有人都是朝著幸福的方向活下去。

這是人類，甚至可以說是所有動物具備的本能，沒有人會將自己朝不幸的方向而去。

雖然說這句話的媽媽或許沒有深思，但這條我從小聽到大的教誨，就結果上來說，是唯一的真理。

有句話說「要先讓自己幸福」。

但這句話只講了一半，另一半我想就是：

「先讓別人感到快樂，結果自己就會變得幸福」。

大家都會有以自我為中心的時候，一個不小心就只想著自己的事情，甚至犧牲他人以確保自己幸福。

但讓別人感到快樂的話，就能夠找到自己的立足之地與心之所向，我應該就是如此吧。

當我持續努力下去不是為了自己，而是依照媽媽的教誨，讓別人感到快樂的時候，就能夠拓展出自己的道路。

我經營公司超過二十年，如果常想著「先對自己好」，應該就很難在社會上立足吧？

比方說要服務某個人的時候。

「請先讓我感到幸福，這樣一來我也會讓你感到幸福的。」要是這麼說話，客人會付錢嗎？當然不會。因為人是想要自己先變幸福，然後才會願意付錢的。

正因如此，我認為「成為讓別人快樂的人」，才是通往幸福的最短距離。

讓自己成為別人快樂的人，結果自己也會感到開心，我想這就是一種幸福的樣貌吧。

67 開啟「支持他人的人，也受到支持」的時代

我人生至此的經驗當中，想在前面說的三個心理狀態之外再多加上一條。

也就是：**人類會想要支持那些「支持別人的人」**。

高中棒球比賽總是讓人感動。

原因之一，當然是因為那些在炎炎日頭下全力比賽的年輕人們，很能打動人心。

但其實，人類會下意識的支持某種類型的人。

像是那些為拚了命比賽的選手們，在場邊嘶聲力竭加油打氣的啦啦隊和高中生們。

不知為何，我就是想支持那些無條件支持別人的人，難道只有我這樣嗎？不，我覺得不是。

在我開始寫這本書的前幾天，有兩個年輕人分別來拜訪我。

一個人來跟我談他能提供多麼棒的服務及有非常遠大的夢想，內容確實很扎實，但和他的談話結束後，我卻覺得疲憊不已。

理由很簡單，因為他所說的話，全部都朝向他自己。

想賺多少錢、想擴大事業、想變得有名。

大概就是在談這些。

相反地，在他之後來拜訪我的另一位年輕人，並沒有前面那個人的氣勢，這個年輕人只是非常單純地想支持周遭的人、而且希望能夠支持更多人，並且已經展開一些有形的行動。

不過他稍微有些消沉，覺得「自己的力量還不夠」。

我竟然大受感動，覺得自己雖然力量不是很大，但還是想支持他。

因此我將過去曾經一起努力的戰友、作者們都介紹給他。

大家馬上都成了他的粉絲，結果全都決定要大力支持他的企畫。

仔細想想，這個世間所有的工作，都可以總結成支持什麼。

支持舒適的生活。

支持順利的移動。

支持提升工作效率。

支持能夠一家團聚享用的美味餐點。

要是沒有別人的支持，一心只想著自己的事情，是無法建立長久的人際關係和工作的。

這樣一想，讓別人快樂，簡言之也就是「成為能夠支持他人的人」吧。有人支持自己，就會感到很開心和幸福。所以有能夠支持的人，那麼自己就會更加幸福，那是我們人類的本能。

68 成為培育日本第一作者的人

我認為出版業，就是一種支持業。

尤其是在商業書的世界中，一定要能夠解決讀者的煩惱和疑問，並且引導到好的方向，這種直接傳達作者想法的書才能賣得出去。

不管文筆多好，讀者馬上就能看穿作者在書寫的時候，是否有認真站在讀者這方思考，又或者只是為了讓自己變得有名而寫。

簡言之，出版社可不會隨便投資腦子裡只有自己的那種作者。

雖然出版業是個嚴苛的世界，我還是打算認真地待在這裡。

不僅僅當一個作者，也要成為培育作者的人。

二〇一八年十月，我的書銷售累積到一百萬冊，夥伴們為我開了一個派對，那時候我在臺上感受到一件事情。

現在想想實在過於天真，不過當我剛開始下筆的時候，很認真地想著：「我的書賣了一百萬冊後，世界就會改變。」

不過實際上就算真的賣到了一百萬冊，這個世界還是沒有改變。

我總覺得媽媽會這樣告訴我：「雖然很感謝周遭的人幫你打造出這麼棒的成果，不過你才剛要起步呢。」

同時我也想著：

「自己一個人也許沒辦法改變什麼，但催生出許多作者大家合力，應該能夠辦到吧。」

「日本第一的指導者，是培育出日本第一指導者的人。」

當我將媽媽這句話套用在自己的身上，發現能夠寫出好書的作者，對於讀者來說就是一位好的指導者。

只要盡可能培育出好作者、催生出好書，那麼幸福的人就會變多了。

仰仗先前的經驗來培育作者的話，自然就能實現媽媽的夢想。

我除了自己寫作以外，也會努力培育作者。

我當時下了這個決定。

在那個派對立下誓言的兩年半後，我終於完成了可以催生作者的企畫架構。

更令人感激的是又過了兩年，我成為日本第一，書籍累積銷售也達到兩百萬冊，我相信這是媽媽為了讓我展開作者培育事業的一張門票。

69 DEAR

二〇二一年三月二十七日。

我和夥伴們在麻布十番的一間義大利餐廳裡。

「用書的力量，讓世人開心。」

我們以這個概念打造出一個網路社群，而這天是啟用的派對。

這是由作品銷售達到百萬本的作者和出版社組成，還有最近流行的Clubhouse的網紅們聚集在一起的社群，名稱就叫作「DEAR BOOKS」。

直譯就是「親愛的書本們」，也可以解釋為「喜歡書的人們」。

有許多初次見面的人，但場面卻非常熱鬧，就好像是老夥伴們開的同學會。

「我想做那個」「我想做這個」等等，聚會上提出了許多點子，都非常棒。

將來除了作者之外，還會把出版社、書店以及讀者們都帶進來，要讓整個出版業興盛起來。

明明這個派對沒有大張旗鼓，但「DEAR BOOKS」卻口耳相傳，有許多出版社和書店主動來詢問，一個個出版企畫也立即建立起來，就像是一臺自動駕駛的車子般地開了出去。

這樣一來，就不單純炒熱氣氛就好，必須要有能夠將企畫一步步具體實現的專家們。

環視整個會場，這天有許多工作人員負責接待，拚了命地幫忙大家倒酒，為待在角落的人介紹給其他人。

當中有媽媽生前或是在我來東京之前，就一直與我共同跨越許多難關，一路走來可靠的企畫成員。

這個從三坪大章魚燒店開始的故事，轉換成出版的形式，走上全新展開的道路，但是一路走來，「讓別人快樂」這個目標始終沒有改變。

想來將來也仍然不變。

70 所謂「成為讓別人快樂的人」

最後還有件事情想告訴大家。

有些人覺得討別人開心，等同於對他人諂媚。

也有些人覺得如果無法讓別人快樂，自己就毫無價值。

但其實要成為讓別人快樂的人，絕非對著討厭的人阿諛奉承，也不是無法讓別人快樂，自己就毫無價值。

「成為讓別人快樂的人」完全不需要捨棄自己。

重視他人的看法，遵從別人的指示，而非發自自己的心聲，這樣不是讓別人快樂，而是諂媚他人。

那些過於在意他人目光而無法活出自己的人，其實根本無法去愛其他人。

不是這樣的。讓別人快樂，是要聆聽自己的心聲。

要發現那個被愛環繞的自己。

要發現自己掌握著自己人生的主導權。

要活出自己的人生。

決定「成為讓別人快樂的人」，開始活出自己以後，一切都會變成愛。

「你要成為讓別人快樂的人」，意思就是「你要活出自己的人生」。

我想這才是媽媽想要告訴我的話。

為何自己的生命能夠走到這一步，仔細想想其根本，都是因為有著那些愛著自己、讓自己感到快樂的人。

而當中最具代表性的，我想應該就是媽媽。

至少對我來說，是這樣的。

希望某個人感到開心、想為誰加油打氣、想幫助某個人、希望某人能過得幸福，我將這種念頭稱呼為「FOR YOU精神」。

不要以「FOR ME」互相爭奪，而要以「FOR YOU」彼此分享，只要擁有這種念頭的人多了一個，世界上一定就會變得更好一些。

或許有人會說這是理想主義。

說不定有人會嘲笑我。

但我還是會繼續前進。

為了能夠成為讓別人快樂的人。
為了能夠擁有一個被快樂的人環繞著的人生。
為了實現我與媽媽的夢想。

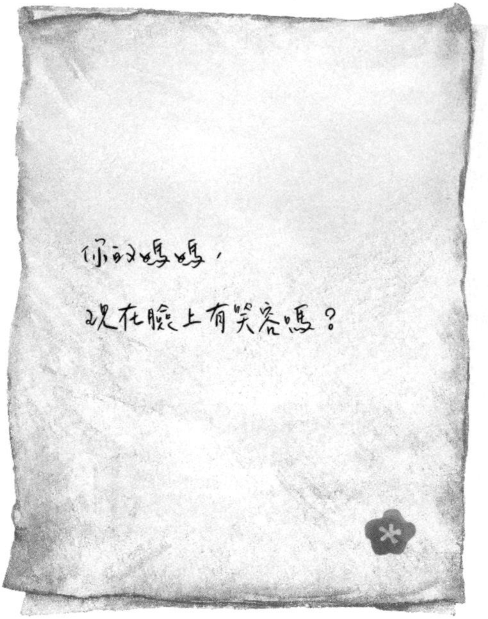
你的媽媽，
現在臉上有笑容嗎？

書後　託付於未來的夢想

二〇二六年五月二十五日，我和平常一樣開始準備工作，正吃著早餐。

昨天去了大學演講，而且是我那即將滿二十歲，正念著大二的次子隆之介就讀的大學，他也一臉害羞地坐在後排聽著。

吃完早餐後，隆之介隨口說：

「演講辛苦了。」

「噢，你也聽啦，謝謝。如何呢？」

「嗯，我都有在聽啦。不過……」

隆之介含糊其辭。

「怎麼啦，你這樣好奇怪，評價不好嗎？」

「沒有啦，沒那回事。只是有人跟我說隆之介你爸說的事情太過理所當然，大家想聽比較深入一點的東西呢。」

「……理所當然？」

「昨天的演講啊，不是說『要成為讓別人快樂的人』嗎？可是大家都知道這件事啦，FOR YOU在我們這一代，已經是共通的認知了。所以我覺得應該可以講一些『如何拓展FOR YOU』，還是『如何逐步掌控自己的未來』這類比較具體、應該要如何行動的事情。畢竟這個世界上，已經充滿了奶奶所希望的那種讓別人快樂的人，爸你也該稍微講講下一個階段的事情了吧？啊，快要遲到了。抱歉，我該出門了。車借我喔，那我出門了。」

兒子說完這話，拿了我的車鑰匙便衝出門。

希望這個故事，將來能夠實現。

「FOR YOU是理所當然的。」

希望這樣的時代能夠來臨。

也希望你永遠都幸福。

後記　這本書所承載的三個想法

五月二十五日。這天對我來說是非常神奇的一天。二〇〇六年五月二十五日，這天我的第一本書《齋藤一人：想在更近的地方看見笑容》出版。

正好是那天的五年後，也就是二〇一一年五月二十五日，我出版生涯中的核心書籍《感動的條件》出版了。

再五年後的二〇一六年五月二十五日是媽媽的喪禮，而媽媽死後五年，這本《成為讓別人快樂的人》在二〇二一年五月二十五日出版了。

這篇是前言也是後記，所以可能有點長，希望大家耐心閱讀。

這本書是我執筆生涯的第二十四部作品。

先前的書大致上都奠基於商務書的架構上，不過這本書對我來說是相當大的挑戰。

這個挑戰，就是不寫前言。這也是第一次我以自己的事情為主的記錄式散文。

最重要的是，我決定「不要寫能用一個標題說完的內容」。

我在文中提到，為了達成與媽媽的約定，所以決定在東京將業務聚焦在出版，而這個約定就是「成為日本出版業界的第一」。

對於我來說，媽媽教導我「成為讓別人快樂的人」是相當重要的。或許光憑這點，就能夠做出一本書。

但是為了要能夠提出一個任何人看來都相當簡單明瞭的形式，知道「在成為讓別人快樂的人以後，具體來說會有什麼樣的未來？」我必須自己先做出一個成果，這正是一個必須達成的事情。

為此，我和願意接受本書企畫的「ＳＵＢＡＲＵ舍」總編輯上江洲先生討論，他也說：「確實如此。那麼等永松先生您達成和媽媽的約定以後，我們再來做這本書吧。」

當時我想著「不知道要多久，可能需要十年吧」，沒想到這麼快就能讓本書問世。

我自己是不太了解性靈這類事情，不過自媽媽喪禮後五年，這有勇無謀的挑戰竟然得到了成果，讓本書能夠推向世間，我想這並不是我的實力，而是因為「讓別人快樂的人對於這個世界來說太重要了，你趕快寫啊」這種眼所不能見的力量，所以才能夠走到這一步。我將這五年的想法都放進這本書中，之後希望能夠再次以嶄新的心情來寫其他東西。

寫這本書的目的有三個。

第一、希望讀了本書的讀者，能夠再次確認媽媽有多重要。

第二、想透過我媽媽辰美，告訴那些現在為了家庭、育兒、工作努力的媽媽們，她是如此自由奔放，妳們絕對可以更加地肯定自我。

第三、增加能夠讓別人快樂的人。

為此目的，能做些什麼？如果媽媽還活著，我會送她什麼禮物呢？

「如果能把書當成禮物贈送，讓這件事情成為一種文化，應該很棒吧。」

同為作者、也是我的好朋友John Kim總是說著這樣的話。由於他的提案，這次在本文前有一頁，是可以用來書寫訊息，能把這本書當成禮物，送給心中重要的人。

「DEAR」後是你重要的人的姓名。「FROM」接你自己的名字。然後在「DATE」處填上日期，就能夠成為獨一無二的禮物。

如果讀了這本書，你覺得「希望能讓我心中重要的那個人也讀一讀」，那麼還請你寫下訊息，將本書當成禮物送給對方。

如果因為這本書，能夠推動書本禮物的文化，我身為作者將無比開心。

「成為讓別人快樂的人」

希望這樣的想法，能夠盡可能傳遞給更多人。

我所感謝的人們

書中所寫的，都是真實發生過的事情，因此完全仰仗那些支持我的人，才能構成書。

原本應該將所有人的名字一一寫下，但要是連媽媽生前就很照顧我們的人都列出，或許會給不少人添麻煩，本書的厚度更是難以計算。

因此我就藉著本篇文章，打從心底向所有與媽媽和我故事相關的人，致上最深的謝意。

以下要感謝的是與這本書的誕生直接相關的人們。

首先是「ＳＵＢＡＲＵ舍」的德留慶太郎社長。

萬分感謝您為我打造了如此美好的企畫，我最喜歡能笑著與我一同飲酒的社長了，還請您往後繼續指導我。

給總編輯上江洲安成先生。

上江洲先生，非常感謝您這次與我一起打造出本書。我想您多半也曾膽戰心驚地想著：「不知稿子何時能完成呢？」但卻完全沒展現出一絲不耐，默默在一旁守護，我打從心底感謝您陪我走完這段路程。

還有你身為第一位讀者，告訴我說「永松先生，我哭了五次」這句話，是我感到最開心的事情。我最欣賞上江洲先生穩重的男子氣概，下次的企畫也請多多指教。

給業務部的副部長原口大輔先生。

大輔，這次真的太感謝了。希望本書和《共感對話》一樣，能夠成為你將來更上層樓的階梯。請你跟當初說好的一樣，以後也依舊當個奔走全國、日本第一的書店業務。

給「ＳＵＢＡＲＵ舍」業務部的諸君。從《共感對話》到現在，謝謝大家參與了書本的企畫會議、製作、針對書店規畫推展銷售的計畫。將來也會繼續採用「大家一起做書、大家一起賣」這樣的概念，來做些規模更大的企畫。

我非常期待能夠再次與「SUBARU舍」的各位在「NAGOMI」乾杯。

給「DEAR BOOKS」的夥伴們。

真的非常謝謝大家在社群俱樂部裡為我加油打氣。一想到三月二十七日那天的能量合流，催生出更多的故事，我就覺得興奮不已。

那天誕生的企畫已經有好幾本書已經開始運作，作者們傾力支持彼此，讓我們打造出能夠將美好書籍推到市面上的全新出版形式吧，我發自內心感謝大家無私的協助。

給這本書最重要的顧問、支持者，也是我最重要的朋友John Kim。

John，托你的福，這本書誕生了。正因為有你在俱樂部中的拉拔和鼓勵，我才能夠寫出這本書。還有，書本禮物的企畫絕對不是我一人就能想到的，我們一起把這份禮物轉化成文化吧。

真的非常感謝John工作室的人，將來我們也要繼續以「J&S企畫」來為許多人加油打氣，這輩子都要請你多多指教了。

給來到東京五年，總是在我的身邊與我一同前進的永松茂久企畫成員：角伊織、TOGAWASHINJI、池田美智子、本田由希子、一条佳代、内野瑠三、山野礁太、松田眞理。

托大家的福，這本書終於誕生了。回顧過往的時光，說長不長，說短不短，不過唯一能肯定的就是，能夠有現在的我，絕對是托了大家的福。

我想，將來應該會有更多的冒險，希望能和大家繼續合力在這個快樂的大海上前進。

和企畫成員相同，我也非常感謝永松塾的所有人。正因為有大家，我才能夠總是活力十足地構思新的企畫，我期待著和大家一起腦力激盪的日子。

給那從十年前《感動的條件》起，就一直為我的書和影片配樂，這次也一口答應的Yu Sammy。

Sammy，謝謝你。自《感動的條件》起，已經過了十年。這次的歌我覺得就像是為媽媽和我寫的，謝謝你在媽媽生前就非常重視她。也恭喜你出新專輯了，我們幾乎都是同時間推出作品呢。歌曲與書籍的範疇雖然不同，但我們都是演出者，我也為你感到驕傲。

爸、幸士、壽美。

那個悲傷的日子，以及第一次中元節的誓言已過了五年，有很多話想和大家說，等這本書出版後我就會回去，大家到北之家一起喝酒吧。

雖然千頭萬緒，不過我稍微歸納一下，大概就是我身為爸爸的兒子、幸士的哥哥、壽美的丈夫，為了讓你們能夠以我為榮，我還會繼續努力。

給我兩個兒子，亨太郎和隆之介。

我常不在你們身邊，但你們還是好好地長大了，萬分感謝。雖然我完全沒做到爸爸該做的事情，但以後還是會努力成為你們引以為傲的爸爸。真的非常謝謝你們。

你們長大後一定要成為：珍視奶奶所說「成為讓別人快樂的人」這句話的男人。

還有另外的孩子們，就是貴賓犬「小虎」「櫻花」「小雛」「桃子」，還有剛成為家人的「阿圓」。真謝謝你們都是好孩子，支持著我。在本書出版之後，我們一起去能夠帶狗狗的溫泉泡湯吧，謝謝你們給我許多幸福。

給在天國的媽媽。

托您的福，才有了這本書。我大概還要一陣子才會過去，不過總覺得您就在我身邊。我會一直把妳教導我的話傳給別人，也請妳繼續支持我。謝謝妳生下我。生為妳的兒子真是太好了。

給拿起這本書的你。

能透過本書遇見你，真的滿心感謝。我還拍了一段影片，內容除了表達感謝之心，還有媽媽辰美的話語集及一些訊息，想要送給大家作為禮物。讀了這本書再去看影片，應該能夠有更深刻的了解，方便的話可以上網找看看。

最後感謝那些出力使這本書誕生，而我無法一一寫下的托福神們。

希望這個世界，是由那些讓別人快樂的人所創造出來的，充滿著無數的夢想與感動。

感謝。

永松茂久

Eurasian Publishing Group
圓神出版事業機構
圓神出版社
Eurasian Press

www.booklife.com.tw reader@mail.eurasian.com.tw

勵志書系 150

成爲讓別人快樂的人：母親留給我唯一重要的東西

作　　者／永松茂久
譯　　者／黃詩婷
發 行 人／簡志忠
出 版 者／圓神出版社有限公司
地　　址／臺北市南京東路四段50號6樓之1
電　　話／（02）2579-6600・2579-8800・2570-3939
傳　　真／（02）2579-0338・2577-3220・2570-3636
總 編 輯／陳秋月
主　　編／賴真真
責任編輯／林振宏
校　　對／林振宏・吳靜怡
美術編輯／蔡惠如
行銷企畫／陳禹伶・林雅雯
印務統籌／劉鳳剛・高榮祥
監　　印／高榮祥
排　　版／杜易蓉
經 銷 商／叩應股份有限公司
郵撥帳號／18707239
法律顧問／圓神出版事業機構法律顧問　蕭雄淋律師
印　　刷／祥峰印刷廠
2022年8月　初版

定價 340 元　　ISBN 978-986-133-833-0　

讓別人快樂，是要聆聽自己的心聲。
要發現那個被愛環繞的自己。
要發現自己掌握著人生的主導權。
要活出自己的人生。

——《成爲讓別人快樂的人》

國家圖書館出版品預行編目資料

成爲讓別人快樂的人：母親留給我唯一重要的東西／永松茂久 著；黃詩婷 譯. — 初版. — 臺北市：圓神出版社有限公司，2022.8
256面；14.8×20.8公分（勵志書系；150）
譯自：喜ばれる人になりなさい：母が残してくれた、たった1つの大切なこと

ISBN 978-986-133-833-0（平裝）

861.67　　111009096